اُمید کا دیا

مصنفہ : کرن نورین

امید کا دیا

Kiran Naureen

Published by CreativeMuslims, 2025.

مصنفہ: کرن نورین
پبلشر:
ایڈیشن: پہلا ایڈیشن
سالِ اشاعت: 2025
کتاب ڈیزائن : مصنفہ
سرورق ڈیزائن : مصنفہ
طباعت کا مقام : پاکستان
ISBN: 9798232680282

This is a work of fiction. Similarities to real people, places, or events are entirely coincidental.

امید کا دیا

First edition. August 22, 2025.

ISBN: 979-8232680282

Written by Kiran Naureen.

فہرست

انتساب

ملک و ملت کے معماروں کے نام۔
جن سے وابستہ ہے وطن کا روشن مستقبل۔

پیش الفاظ

بچوں کے ادب کے حوالے سے بہت سے لوگ قابل قدر کام کر رہے ہیں۔ بچوں کا ادب ایک مشکل صنف سمجھی جاتی ہے۔ کچھ لوگ باقاعدگی سے اور جانفشانی سے اس کام کو سر انجام دے رہے ہیں۔ میں نے بچوں کے ادب کے حوالے سے بہت کم کام کیا ہے۔ جب بچوں کے ادب کے حوالے سے کچھ لکھنے کو کہا گیا۔ پہلے تو میرے ذہن میں چھوٹے بچوں کی سبق آموز کہانیاں یا پریوں کی کہانیاں آئیں۔ پھر میں نے سوچا چھوٹے بچوں کے لیے تو بہت ساری چیزیں مل جاتی ہیں۔ مگر نوجوان نسل کے لیے یا ایسے بچوں کے لیے جو نہ تو بچوں والی کہانیوں میں دلچسپی رکھتے ہیں، نہ ان کو بڑی بڑی باتیں سمجھ آتی ہیں۔ اگر ہم دیکھیں تو اس عمر کے بچوں کے لیے عموما جاسوسی یا تجسس سے بھرپور کہانیاں ملتی ہیں۔ کچھ مصنفین نے تو جاسوسی کہانیوں میں بھی اصلاح کا پہلو ڈھونڈا اور اس کو خوب نبھایا۔ میں نے جب نوجوان نسل کے لیے قلم اٹھایا تو بہت سے چھبتے ہوئے موضوع میری نظر سے گزرے۔ ویسے تو یہ مسئلہ ہر طبقے میں موجود ہے۔ کیا امیر کیا غریب سب اس کی لپیٹ میں ہیں۔ کہانی کا ایک مخصوص ماحول ہوتا ہے۔ اس لیے ایک ماحول کو چنتے ہوئے اس کہانی کو لکھا۔ یہ کوشش کی کہ کہانی بہت زیادہ بوجھل یا وعظ محسوس نہ ہو۔ جا بجا آپ کو انگریزی کے الفاظ بھی نظر آئیں گے۔ اس کے متبادل اردو الفاظ موجود تھے مگر کچھ ایسے الفاظ بھی موجود تھے۔ جو اب مستعمل نہیں وہ قاری کے لیے بھاری ثابت ہوتے اور ان کی روانی متاثر ہوتی۔ اس لیے کچھ انگریزی الفاظ کا استعمال کرتے ہوئے۔ نوجوان نسل کے لیے یہ ناول لکھا امید ہے کہ آپ لوگوں کو پسند آئے گا۔ اور شاید کچھ لوگ اس سے اصلاح پا سکیں۔

کرن نورین

14-10-24

تقریظ
بسم اللہ الرحمن الرحیم
آج کافی عرصے بعد کسی کتاب کی تقریظ لکھنے کے لیے قلم اٹھانے پر مجبور ہوئی ہوں اور بلاشبہ یہ مصنفہ کے قلم کا جادو ہے جس نے مجھے یہ تبصرہ لکھنے پر مجبور کردیا۔
کرن نورین کا شمار منجھے ہوئے مصنفین میں سے ہوتا ہے۔ ہلکے پھلکے مگر جاندار موضوع کا انتخاب کرکے پڑھنے والوں کے لیے سبق آموز تحریریں لکھنا انکے قلم کا خاصہ ہے۔
انکا نیا ناول امید کا دیا بھی انہی خاصیتوں کا مجموعہ ثابت ہوا۔
کہانی کی شروعات سے لیکر آخر تک میری دلچسپی برقرار رہی اور یہ یقیناً کرن کے قلم کی پختگی اور روانی ہی تھی جس نے نہ صرف کہانی بلکہ کرداروں سے بھی مجھے جوڑے رکھا۔
معاشرے کی چند اہم برائیوں سے نقاب اتارتا یہ تلخ موضوع جس پر ہر مصنف طبع آزمائی نہیں کرسکتا کرن نے اس سے خوب انصاف کیا ہے۔
منشیات اور معاشرے کی جڑوں کو کھوکھلا کرنے والی ایسی گندی لت جو ہمارے مستقبل کے معماروں کو بڑی تیزی سے اپنی لپیٹ میں لے رہی ہے، اس موضوع پر قلم اٹھانا ہی گویا ان برائیوں کے خلاف جہاد بالقلم ہے اور کرن کے سر یہ سہرا جاتا ہے کہ انہوں نے بغیر کسی خوف اور جھجھک کے اس موضوع کو چنا اور اپنے قلم کے ذریعے ان برائیوں کی طرف سب کی توجہ دلانے کا بیڑا اٹھایا۔
کہانی کا بامقصد اور مثبت انجام میرا سیروں خون بڑھا گیا۔ معاشرے کا سدھار ممکن ہے اور اجتماعی و انفرادی کوششوں سے کیسے ان برائیوں کو روکا جاسکتا ہے یہ آپ کو "امید کا دیا" پڑھ کر ہی معلوم ہوگا۔
نوجوان نسل کے لئیے مثبت و توجہ طلب پیغام اپنے اندر سمیٹنے والی یہ جاندار تحریر گویا سمندر کو کوزے میں بند کرنے کے مترادف ہے۔ اس کتاب کو نہ صرف نوجوان نسل بلکہ بالغان بھی اپنے کتب خانے کا حصہ بنائیں تاکہ انکی آنے والی نسلیں اس تحریر سے مستفید ہوسکیں۔
ایک بار پھر میں کرن نورین کو یہ شاہکار لکھنے پر مبارکباد پیش کرتی ہوں اور اس کتاب کی کامیابی کے پر امید اور دعا گو ہوں۔ مجھے امید ہے کہ لکھنے کا یہ سفر اسی طرح جاری و ساری رہے گا اور ہم آپکے قلم سے نکلے ان خزانوں سے مستفید ہوتے رہیں گے۔
دعا گو

نازیہ کامران کاشف
ناول نگار

*

کرن نورین نئی مصنفہ ہیں لیکن ان کی تحریر کی پختگی حیران کن ہے۔ ان کا انداز بیان سادہ اور دلنشین ہے۔ نورین نے ٹین ایجرز کے لیے اصلاحی موضوع پر قلم اٹھایا جس پر لکھنا شاید تھوڑا زیادہ مشکل ہے۔ ناول میں اسکول جانے والے بچوں کی مشکلات کو موضوع بنایا گیا ہے۔ کیسے سوشل میڈیا نئی نسل کو نہ صرف بگاڑ رہاہے بلکہ بہت بار وہ اس کا شکار ہوجاتے ہیں۔ اسکول میں مقابلے بازی اور دوسروں کے سامنے خود کو ثابت کرنے کادباؤ طالب علموں کی ذہنی صلاحیت کو تباہ کررہاہے۔ یہ ناول صرف ٹین ایجرز ہی نہیں بلکہ اساتذہ اور والدین کو بھی پڑھناچاہئے۔ کرن نورین کو اتنا اچھا ناول لکھنے پر بہت مبارک باد۔

توصیف اسلم

ناول نگار

الھمہ انفعھا بنا علمتھا و علمھا ما ینفعھا و زدھا علما
مجھے میری عزیز سہیلی نے اپنے ناول "امید کا دیا" پر تبصرہ کرنے کی ذمہ داری سونپی۔
کرن نورین کا شمار ابھرتے ہو مصنفین میں ہوتا ہے۔اس سے پہلے بھی اپنے قلم کا جادو جگا چکی ہیں۔ شروع سے آخر تک قاری کی دلچسپی برقرار رکھنا اور کرداروں کے ساتھ رشتہ بنا؟ رکھنا,ان کے قلم کا ہی خاصہ ہے۔
کرن کی موجودہ معاشرتی مسائل پر عمیق نظر ہے۔
اس ناول کی ورق گردانی کے بعد میں اس نتیجے پر پہنچی ہوں کہ بلاشبہ یہ ایک شاہکار تخلیق ہے۔ معاشرے کے نو عمر بچوں میں پھیلتی ہوئی معاشرتی و اخلاقی برائیوں اور منشیات کے ناسور کی طرف ہلکے پھلکے مگر بہترین انداز میں نشاندہی,قابل داد و تحسین ہے۔یہ کہانی ناصحانہ رنگ لی؟ ہو؟ ہے تاہم پڑھنے والے پہ بلکل بھی گراں بار نہیں۔
انہوں نے معاشرتی مسائل کمال عمدگی سے رقم کرنے کے ساتھ ان کا حل بھی پیش کیا ہے۔ اگر اس تحریر کو اصلاحی تحریر کہا جائے تو کوئی مغالطہ نہیں ہوگا۔
اللہ تعالی ان کے اندازِ بیان میں تاثیر عطا فرما۔
وجیہہ بصیر
اسسٹنٹ پروفیسر، مصنفہ

"منزہ بتاؤ نا! ٹیچر مجھے منتخب کر لیں گی۔ میں پچھلے اسکول میں بھی ڈرامہ سوسائٹی کے ممبر تھی۔" مرحا نے بے تابی سے اپنی دوست سے پوچھا۔

"بالکل کر لیں گی. میری پیاری سہیلی مس کنول بہت ہی اچھی ہیں۔" منزہ نے پیار سے اس کو گلے لگایا۔

"یہ آڈیٹوریم کتنا خوبصورت اور بڑا ہے۔ میرے پچھلے اسکول کا آڈیٹوریم بھی بہت اچھا تھا۔ مگر یہ تو بہت ہی حسین ہے۔" مرحا نے حیرت بھری خوشی سے کہا۔

آڈیٹوریم کا اسٹیج برقی قمقموں سے جگمگا رہا تھا۔ اسٹیج کے پیچھے دبیز پردے آویزاں تھے۔ کئی سو افراد کی گنجائش والے ہال میں مخملی کرسیاں نصب تھیں۔ پہلی دو قطار ونمیں ہرے رنگ کی کرسیاں نصب تھیں۔ جو اساتذہ کے لیے مخصوص تھیں۔ اس کے پیچھے لال رنگ کی کرسیاں بچوں کے والدین اور اسکول کے دیگر ملازمین کے لیے مخصوص تھیں۔ طلبہ اور طالبات کے لیے نیلے رنگ کی کرسیاں تھیں۔ سب سے آگے صوفے رکھے تھے۔ جو پرنسپل اور مہمان خصوصی وغیرہ کے لیے مختص کیے گئے تھے۔ پچھلی قطاروں میں جانے کے لیے دونوں اطراف میں سیڑھیاں بنی ہوئی تھیں۔ آڈیٹوریم کی چھت پر ننھے ننھے برقی قمقمے نصب تھے۔ اس وقت صرف اسٹیج کے اوپر والا حصہ ہی روشن تھا۔ مرحا نے گھوم پھر کر اچھی طرح آڈیٹوریم کا جائزہ لیا۔

آٹھویں کلاس کی طلبہ مرحا کا داخلہ پچھلے ہی دنوں ہوا تھا۔ جب اچانک اس کے ابو کا تبادلہ ہوا اور ان کو شہر تبدیل کرنا پڑا۔ ہنس مکھ اور خوش مزاج مرحا کی دوستی جلد ہی اپنے ہم جماعتوں سے ہو گئی تھی۔

جدید تراش خراش والے لباس میں ملبوس۔ بال کھولے سینڈل کی ہیل پر ٹک ٹک کرتی۔ مس کنول آڈیٹوریم میں داخل ہوئیں۔

"ڈرامے والے تمام اسٹوڈنٹس اس طرف آ جائیے۔" مس کنول نے با آواز بلند کہا۔ تو ادھر ادھر ٹولیوں کی صورت میں بیٹھے ہوئے آٹھ دس بچے ان کے ارد گرد جمع ہو گئے۔

"مہک کی کال آئی تھی ان کی طبیعت ٹھیک نہیں ان کو بخار ہے۔ شاید کوئی وائرل انفیکشن ہے۔ جس کے لیے ان کو ہفتہ دس دن کی چھٹی درکار ہے۔ اب ان کی جگہ چھوٹی بہن کا کردار کون ادا کرے گا۔" مس کنول نے سوال کیا۔

"مس یہ میری کلاس میٹ ہے مرحا اور یہ اپنے پچھلے سکول میں بھی
اسکول کی تقریبات میں حصہ لیتی رہی ہے یہ نیو ایڈمیشن ہے۔ آپ اس کی ایکٹنگ دیکھ لیں منزہ نے مرحا کا ہاتھ پکڑ کے مس کے آگے کیا۔
"جی مرحا یہ کچھ ڈائیلاگز ہیں۔ پہلے آپ یہ ادا کر کے دکھائیں۔"
مس کنول نے ہاتھ میں پکڑے ہوئے اسکرپٹ میں سے ایک کاغذ نکال کر مرحا کی جانب بڑھایا۔
مرحا نے بہت ہی خوبصورت اور دلکش انداز میں مکالمہ ادا کیا۔ مس کنول سمیت تمام بچے اس کی اداکاری سے بہت متاثر ہوئے اور انہوں نے خوشی سے تالیاں بجائیں۔
اسٹار اسکول کا شمار شہر کے بڑے اسکولوں میں ہوتا تھا۔ یہاں پہ بچوں کو داخلہ دلوانا والدین کا خواب ہوتا تھا۔ مہینوں یا بعض اوقات سال بھر انتظار کے بعد داخلہ ملتا۔ انگریزی طرز تعلیم کا یہ ادارہ مکمل طور پر انگریزی رنگ میں رنگا ہوا تھا۔ یہاں پہ اکثریت بچوں کے والدین انڈسٹریل،
بیوروکریٹ، سیاسی اثر رسوخ رکھنے والے یا بڑے سرکاری عہدے دار تھے۔
یہ اسکول وسیع و عریض خطہ میں واقع تھا۔ پرائمری اور پری پرائمری کی عمارت مرکزی دروازے کے دائیں جانب تھی۔ سیکنڈری اور اپر سیکنڈری کی عمارت دروازے کے بائیں جانب تھی۔درمیان میں کھلا میدان بالکل سامنے کی عمارت انتظامیہ کے استعمال میں تھی۔ جہاں انتظامیہ، پرنسپل روم، اسٹاف روم اور دیگر انتظامی امور کے کمرے موجود تھے۔ ہر عمارت کی پچھلی جانب بڑا کھیل کا میدان تھا۔ جب کہ انتظامیہ کی عمارت کے پیچھے خوبصورت کرکٹ اور فٹ بال گراؤنڈ بھی بنا ہوا تھا۔
خوبصورت پھولوں اور رنگوں سے سجا یہ احاطہ بہت سحر انگیز تھا۔جو یہاں ایک دفعہ آجاتا اس کا یہاں سے نکلنے کو دل ہرگز نہیں چاہتا تھا۔ یہاں کے اساتذہ کی تقرری کا معیار بھی کافی بلند تھا۔ تبھی کئی دہائیوں سے یہ اسکول سر اٹھائے کھڑا تھا اور اس کہ تراشے ہوئے ہیرے مختلف جگہوں پر جگمگا رہے تھے۔
اسکول میں ہفتہ طالبات کے سلسلے کی تیاریاں جاری تھیں۔ جس میں ایک دن مختلف قسم کے ڈراموں اور ٹیبلوز کے لیے مخصوص تھا۔ اس دن کی تیاری مس کنول، مس نازنین اور سر سہیل کروا رہے تھے۔
"ہمارے ڈرامے کا موضوع ہے نوجوانوں میں بڑھتا ہوا منشات کا استعمال۔" مس کنول نے مرحا کو بتایا۔

"دیکھتے ہیں اس ڈرامے سے کتنا فائدہ ہوتا ہے۔ ابھی تو ہمارے ہی اسکول کے کتنے بچے کثرت سے اس کو استعمال کر رہے ہیں۔" 'جنید نے تلخ سی ہنسی ہنستے ہوئے کہا۔
"جی بیٹا ہمیں بھی علم ہے اسی لیے اس موضوع کو چنا ہے۔" مس کنول نے نرمی سے اس کو جواب دیا۔
"دعا ہمارے ساتھ کام نہیں کر رہی وہ بھی تو کلاس سے آئی تھی۔" مرحا نے منزہ سے پوچھا۔
"نہیں بھئی اس کی اردو اتنی خراب ہے۔ مس نے تو اس کو پہلے دن ہی نکال دیا۔ اب وہ انگلش کے ایک کامیڈی پلے ""براؤن پیپل میں کام کر رہی ہے۔"
"یعنی دیسی لوگ اور یہیں رہتے ہوئے یہاں کے لوگوں کا بھرپور مذاق اڑایا جائے گا۔"جنید نے پھر تلخی سے کہا۔
"بس بھی کرو جنید تم ہر چیز کو اتنا منفی طریقے سے کیوں لیتے ہو۔کچھ باتیں صرف ہنسنے کھیلنے کی ہوتی ہیں۔مذاق اڑانے کی کیا بات ہے۔جو سچ ہے۔انسان وہی بتائے گا نا۔" فائزہ بلاوجہ اس سے الجھ پڑی۔
"خاموش رہیں اور اپنے اپنے مکالمے پر دھیان دیجئے۔ ابھی ہم ریہرسل شروع کرتے ہیں۔" مس کنول نے دونوں کو ڈپٹتے ہوئے کہا۔
" سر ہمیں صرف ایک گانا گانے کی اجازت دے دیجیے۔ ہم اپنے اسکول کے لیے پرفارم کرنا چاہتے ہیں۔" سینئر تھری کے اعیان نے کہا۔
"گانا گائے گا کون؟"سر سہیل نے پوچھا۔
" سر ہمارے میوزیکل بینڈ کے گلوکار ہمارے کزن فہد بھائی ہیں۔ جو یونیورسٹی کے طلبہ ہیں۔"اعیان نے کہا۔
"یہ اسکول کی تقریب ہے اور اس میں باہر کے لوگوں کو اجازت نہیں ہے۔" سر سہیل نے اعیان کو منع کیا۔
" سر میں گٹارسٹ ہوں اور غفران پیانو بجاتا ہے۔" اعیان نے اپنے دو سال چھوٹے بھائی سینئر ون کے سٹوڈنٹ غفران کا نام لیتے ہوئے کہا۔
"ٹھیک ہے آپ دونوں اپنی صلاحیتوں کا بالکل اظہار کر سکتے ہیں اور اگر طلباءِ و طالبات میں سے کوئی چاہے تو وہ اس کے ساتھ گانا گا سکتا ہے۔ مگر باہر سے کسی کو آنے کی اجازت نہیں ہوگی۔"
"سر مگر تقریب کے مہمان خصوصی کے طور پر سَیم کے چاچو کو بلا لیں۔ وہ ایک مشہور گلوکار ہیں۔ ان کے دو گانے تو پڑوسی ملک کے فلموں میں بھی چل چکے ہیں۔"

"جی سر بالکل ان کے آنے سے تو پروگرام کو چار چاند لگ جائے گا۔"
حیدر کے کہتے ہی دعا اور ملائکہ بھی سر سہیل کو منانے لگیں۔
جی سر بالکل یہاں اسکول کی تمام لڑکیاں ہی اس کی بڑی فین ہیں۔""
صفدر نے بھی ان کی ہاں میں ہاں ملائی۔
ہم جب کبھی گانے کا مقابلہ رکھیں گے تو بطور جج ان کو بلا لیں گے۔""
سر سہیل نے ان کو ٹالنے کے لیے کہا۔
بلا لیں سر وہ آج کل فارغ ہیں۔یعنی پاکستان میں ہی ہیں پھر پتہ نہیں جب"
ہمارے اسکول کا فنکشن ہو وہ کہاں پر موجود ہوں۔ ویسے بھی مس زنیرہ بھی ان کی فین ہیں۔ آپ بلا لیں گے تو بڑی دھاک بیٹھ جائے گی۔"صفدر نے سر سہیل کو آنکھ مارتے ہوئے کہا۔
یہ کیا بدتمیزی ہے۔" انہوں نے صفدر کو مصنوعی غصے سے ڈانٹا۔"
بلا لیں سر پلیز بلا لیں۔ میں سَیم کو بلا کے لاؤں۔ آپ اس سے بات کر"
لیں۔"حیدر نے ایک بار پھر اپنی بات دہرائی۔
کیوں بھائی ادھر تم کو کیا دلچسپی ہے؟ کیا تم بھی ان کے فین ہو؟" سر"
سہیل نے اپنی خفت مٹانے کے لیے حیدر سے سوال کیا۔
نہیں سر اس کو تو کوئی دلچسپی نہیں بس فائزہ نے اس کو کہا ہے کہ"
اگر وہ سنگر سکول میں آگیا تو فائزہ اس سے دوستی کر لے گی اور اپنا پرسنل موبائل نمبر بھی اس کو دے گی۔" دعا نے سب کے سامنے حیدر کا راز کھولا۔
حد ہے بھائی آپ لوگ پڑھنے آتے ہیں یا یہ سب کرنے۔" سر سہیل نے"
ہنستے ہوئے کہا۔
"چلیں ٹھیک ہے میں ایڈمن سے بات کر کے دیکھتا ہوں۔"
تمام اسٹوڈنٹ اپنے اپنے مکالمے کا پرچہ لے کر مکالمہ یاد کر رہے تھے۔ اچانک مرحا کی نظر ایک بچی پر پڑی۔
یار سوہا یہ ابرش ہے نا! ٹی وی آرٹسٹ۔" مرحا نے ساتھ بیٹھی سوہا "
سے پوچھا۔
ہاں بھائی بڑی نک چڑھی ہے چند دن اسکول آتی ہے باقی دن کہتی ہے "
میں شوٹنگ پہ تھی۔"سوہا نے منہ ٹیڑھا کر کے ابرش کی نقل کرنے کی کوشش کی۔
مرحا کو ہنسی اگئی۔
تو کیا یہ بھی ڈراموں میں حصہ لے رہی ہے یہ تو ویسے بھی ٹی وی پہ"
"کئی ڈرامے کر چکی ہے۔

ایک کلاسک اردو ادب کا ڈرامہ ہے جس میں یہ حصہ لے رہی ہے۔""
سوہا نے بتایا۔
اچھا تو یہ کون سی کلاس میں پڑھتی ہے؟" مرحا نے پھر سوال کیا۔"
سینئر ون میں اب تم اپنے مکالمے پر فوکس کرو مس کنول سے نہیں تو پھر
"ڈانٹ پڑ جائے گی۔
اس کے کہنے پر مرحا نے سر اٹھا کر ادھر ادھر دیکھا۔ سب اپنی
تیاریوں میں مشغول تھے۔ کوئی بھی فارغ نہیں تھا۔ وہ بھی اپنے مکالمے
دہرانے لگی۔

*

ذیلی سڑک پر رش سے ذرا ہٹ کر کرسیوں پہ چند نوجوان بیٹھے۔ دھوئیں کے مرغولے اڑا رہے تھے۔ چاروں کے ہاتھ میں ویپ موجود تھی۔ ساتھ میں قیمتی موبائل تھا۔

یار دیکھو رمیز کی نئی ویڈیو اپلوڈ ہو گئی۔ اس کو یوٹیوب کی طرف سے سلور بٹن مل چکا ہے۔ اب وہ گولڈن بٹن کے چکر میں ہے۔ وہ ٹک ٹاک سے بھی خوب کما رہا ہے۔"

فیضان نے اپنا موبائل درمیان میں کرتے ہوئے کہا۔ تو باقی تینوں بھی اس کے موبائل پر جھک کر ویڈیو دیکھنے لگے۔

اس کی ویڈیو ہوتی بھی بڑی مزیدار ہے۔ اور حقیقت سے قریب بھی۔" تبھی اس کے چاہنے والوں کی تعداد روز بروز بڑھتی جا رہی ہے۔"صفدر نے پسندیدگی سے کہا۔

مجھے تو اس کی ویڈیو ایک آنکھ نہیں بھاتی اردو تو اس کو آتی نہیں" ہے۔ ایسے ہی منہ ٹیڑھا ٹیڑھا کر کے غلط سلط جو منہ میں آتا ہے بولتا چلا جاتا ہے۔" عون نے چڑ کر کہا۔

بس کر دے یار تمہارا تو اس سے تیسری کلاس سے ہی جھگڑا چل رہا" ہے۔اور آج تک موجود ہے۔ اب تو دسویں میں آگیا اب تو بس کر دو یار۔"

صفدر عون اور رمیز کی بچپن سے چلنے والی لڑائی سے عاجز آ چکا تھا۔

ابے چل شہزادے چھوڑ یہ بچوں والی باتیں۔ تم لوگ ابھی تک اسکول" کے بچے ہی ہو یہ دیکھو میں نے کیا چیز ڈھونڈی ہے۔ دیکھو گے تو تم لوگوں کے ہوش اڑ جائیں گے۔" صارم نے آنکھ مارتے ہوئے کہا۔

اور احتیاطاً ادھر ادھر نظر کی کہ کوئی اور تو ان کی طرف متوجہ نہیں۔ پھر اس نے اپنے موبائل پر ایک خفیہ ویب کھولی۔ صارم دو سال پہلے تک ان کا کلاس فیلو تھا۔مگر اس کی بدتمیزیوں کی وجہ سے اسکول والوں نے اس کا نام خارج کر دیا تھا۔اب وہ ذاتی طور پر کیمرج کے امتحانات دینے کی تیاری کر رہا تھا ۔ وہ بھی ان لوگ کی طرح او لیول کے پہلے سال میں ہی تھا۔

بند کر یار یہ کیا بکواس ہے صفدر اور عون ایک دم پیچھے ہو کر" بیٹھے۔ جب کہ فیضان کی نظریں موبائل پر ہی گڑ گئیں تھیں۔

”یار دیکھنے سے کچھ نہیں ہوتا۔ ایک دو تصویریں دیکھ لے۔ کون سا تیرے پاس نیکیوں کا گٹھر ہے جو گم ہو جائے گا۔“ صارم نے ساتھ بیٹھے صفدر کے کندھے پر ہاتھ مارا۔
”بس کر دے یار جیسے کہ میں تجھے نہیں جانتا سارا وقت تو عینا کے پیچھے پیچھے گھومتا ہے۔ اور اس کو ساتھ ساتھ لیے پھرتا ہے۔ ہم تو جیسے بے خبر ہیں۔“ صارم نے اس پر چوٹ کی۔
”یار کلاس فیلو سے دوستی کرنا الگ بات ہے۔مگر یہ بے ہودہ قسم کی چیزیں دیکھنا ایک الگ چیز ہے۔“ صفدر نے ناراضگی سے اپنی کرسی تھوڑی اور پیچھے کھسکائی۔ فیضان کے چہرے پہ جوش دیکھ کر اب عون بھی موبائل کی طرف متوجہ ہو چکا تھا۔ جہاں مرد و زن اخلاقیات اور انسانیت کی تمام حدوں کو پار کر کے مصروف عمل تھے۔
عون نے چور نظروں سے ادھر ادھر دیکھا اور صارم سے کہا۔” یار لنک بھیج دینا گھر میں دیکھوں گا۔یہاں پر تو کوئی بھی آسکتا ہے۔“
”ابے یہ ساری چیزیں ایسے مفت میں نہیں ملتی لنک بھیج دینا۔“ صارم نے مذاق اڑاتے ہوئے کہا۔
”مطلب۔“ فیضان نے حیرت سے پوچھا۔
”او بھائی یہ ڈارک ویب ہے اس کی ویڈیو کو باقاعدہ خریدنا ہوتا ہے۔ اور یہ خاص پاسورڈ سے کھلتی ہے۔ یہ ہر ایک کے لیے عام نہیں ہوتی۔“ صارم نے ان کی معلومات میں اضافہ کیا۔
”ہاں میں نے بھی ان کے بارے میں سنا تھا۔مگر یہ تیرے ہاتھ کیسے لگ گئی۔“ عون نے حیرت سے پوچھا۔
”تم کو معلوم ہے میں کمپیوٹر ہیکنگ کرتا ہوں۔ بس ایسے ہی ہاتھ لگ گئی۔“ صارم نے بے نیازی سے کہا۔
”اسے کیا ہوا ہے؟ کیا یہ جمعہ کے جمعہ مسجد جانے لگا ہے؟“ صارم کا انداز سراسر مذاق اڑاتا ہوا تھا۔ اس نے صفدر کی طرف اشارہ کرتے ہوئے کہا۔
”ابے آجا مولوی بند کر رہے ہیں ہم۔“ صارم نے صفدر کو آواز دی۔
صفدر خاموشی سے ان کے پاس آیا ٹیبل پہ سے اپنا والٹ اور بائیک کی چابی اٹھائی۔ اپنے حصے کے پیسے رکھے اور بغیر کچھ کہے واپس مڑ گیا۔
”ارے اتنا جذباتی کیوں ہو رہا ہے؟ یار تیری تصویریں تھوڑی عینا کو بھیج رہے ہیں۔“ صارم نے پھر ہانک لگائی۔

صفدر کچھ کہے بغیر تیزی سے بائیک سٹارٹ کر کے وہاں سے نکل گیا۔

چھوڑو یار وہ ٹھیک ہو جائے گا تم کچھ اور بھی دکھاؤ۔" فیضان نے "اپنی کرسی صارم کے قریب کی۔ عون بھی اٹھ کر صارم کے دوسری جانب آ بیٹھا۔

تینوں موبائل پر بری طرح سے غرق تھے۔ شیطان سامنے کھڑا مسکرا رہا تھا۔

*

بیوروکریٹ مسٹر فیاض کی سفید کوٹھی دن کے وقت بھی جگمگا رہی تھی۔ ہری بیلوں سے ڈھکی پر شکوہ اجلی عمارت۔ کیا اس میں رہنے والوں کے من بھی اجلے تھے؟

بی بی ڈرائنگ روم ٹھیک کر دیجئے گا۔ آج میری کزنز آئیں گی۔ شام" میں پارٹی ہے۔" فائزہ نے ہاؤس کیپر خاتون کو مخاطب کر کے کہا۔ جینز اور ٹاپ میں ملبوس دو پونی باندھے حد درجہ معصوم لگ رہی تھی۔

اس کی بات کے جواب میں بی بی نے گھبرا کر مسز فیاض کو دیکھا۔

مسز فیاض کو اس کی بات پر خوب طیش آیا۔ دل ہی دل میں پیچ و تاب کھانے لگیں۔ ان کو اس پندرہ سالہ بچی سے بلاوجہ پرخاش تھی یا وہ بظاہر معصوم دکھنے والی بچی حقیقتا معصوم نہ تھی۔

فائزہ بیٹا آپ بھول گئیں۔ آج میری میٹنگ ہے اور شام میں میرے مہمان" آئیں گے۔" مسز فیاض نے خوب چبا چبا کر الفاظ ادا کیے۔

اوہ سوری میں تو بھول گئی تھی۔" اس نے چونکنے کی ایکٹنگ کی"

تو کیا میں اپنے کزنز کو منع کر دوں۔" اس نے معصومیت سے انکھیں" پٹپٹا کر کہا۔

بیٹا آپ کے کزنز کوئی غیر تو نہیں آپ اوپر لاؤنج میں اپنی پارٹی کر" لیجئے۔" مسز فیاض کو اس کے انداز پر بہت غصہ آ رہا تھا۔ان کو لگتا تھا کہ وہ خاص کر ان کو جلانے کے لیے اس طرح کی حرکت کرتی ہے۔

ٹھیک ہے جیسے آپ کی مرضی۔" اس نے دل جلانے والی مسکراہٹ" سے ان کو دیکھ کر کہا۔

بی بی کھانے کا تکلف نہیں کیجیے گا۔ میں باہر سے آرڈر کروں گی۔" " کہہ کر فائزہ ٹھک ٹھک کرتے ہوئے اوپر چلی گئی۔

مسز فیاض مارے غصے کے کمرے میں چکر لگا رہیں تھیں۔ کچھ دیر اپنے آپ کو نارمل کرنے کے کوشش کے بعد انہوں نے اپنی بہن سے غم غلط کرنے کا سوچا۔

ان کی بہن نے ساری بات سن کر کہا۔ " تو اس نے آپ کے ساتھ کوئی "بدتمیزی تو نہیں کی نا! آپ اتنا پریشان کیوں ہو رہی ہیں۔

ان کی بہن کو ان کے گھر کا مسئلہ سمجھ نہیں آ رہا تھا۔

گھر میں سب کو دو ہفتے سے معلوم تھا کہ آج میری میٹنگ ہے فیاض" بھی دو دن کے لیے شہر سے باہر گئے ہیں۔ جب بھی وہ شہر سے باہر جاتے ہیں۔ یہ اسی طرح مجھے تنگ کرتی ہے۔ اب دیکھنا عین میٹنگ کے وقت اوپر خوب زور و شور سے میوزک چل رہا ہوگا۔ تمام لڑکے لڑکیاں خوب

شور ہنگامہ کریں گے۔تاکہ میری میٹنگ خراب ہو سکے۔ اگر میں کچھ کہوں گی تو کہے گی آپ کے ہی کہنے پر میں اوپر چلی گئی تھی۔ اب کیا میرا گھر پر اتنا بھی حق نہیں کہ میں اپنے کزنز کو بلا سکوں اور انجوائے کر سکوں ۔" انہوں نے جوابا کہا۔

مجھے سمجھ نہیں آرہا آپی جب وہ آپ سے بدتمیزی نہیں کرتی۔ تو آپ" اس کو پیار سے کیوں نہیں سمجھاتیں۔ چھوٹی بچی ہے سمجھ جائے گی۔ آپ اس کے ساتھ پیار سے کیوں نہیں رہتیں۔" ان کی بہن نے اپنی آپی کو سمجھانے کی کوشش کی۔

تم تو رہنے ہی دو مجھے کوئی خدمت خلق کا شوق نہیں ہے کہ میں " لوگوں کی بگڑی ہوئی اولادوں کو سنبھالتی رہوں۔ اس کی ماں خود تو اس کو چھوڑ کر امریکہ جا بیٹھی۔" انہوں نے نخوت سے کہا۔

مسٹر فیاض سے شادی کے وقت سے ہی انہوں نے فائزہ کو کبھی اپنی اولاد نہیں سمجھا۔گھر میں زیادہ افراد نہیں تھے۔ پھر بھی انہوں نے دس سالہ بچی کو ہمیشہ اپنا حریف ہی جانا اس کے اور اپنے درمیان کے فاصلے کو کبھی بھی مٹانے کی کوشش نہیں کی اور یوں وہ بچی نفرت اور بے توجہی کی ماحول میں پل رہی تھی۔

فائزہ کو بری طرح سے رونا آرہا تھا۔ اس کا دل چاہتا تھا۔ کبھی مسز فیاض اس کو گلے لگائیں۔ اپنے پاس بٹھائیں پیار سے کچھ بولیں یا اس کو ڈانٹیں مگر ان کا رویہ ہمیشہ اجنبیوں والا ہی رہا۔ اس نے فون کر کے اپنے تمام کزنز کو آنے سے بھی منع کر دیا تھا۔ کمرہ بند کر کے وہ رونے لگی۔اس کے پاس شکوے شکایات کے انبار تھے۔ اس کے والد فیاض صاحب دو دن کے لیے شہر سے باہر گئے ہوئے تھے۔ وہ شہر میں ہوتے یا گھر میں ہوتے۔ تب بھی ان کو اکثر پتہ نہیں چلتا کہ فائزہ کی کیا سرگرمیاں ہیں۔ وہ کیا کر رہی ہے۔ وہ کیا چاہتی ہے۔ مسز فیاض ان کے سامنے سب بہت اچھا ہے کی رپورٹ رکھتیں جاتی تھی۔

فائزہ روتے روتے نڈھال ہو چکی تھی۔ اب اس کی چیخیں سسکیوں میں بدل گئی تھیں۔ اس نے کمرے میں موجود فریج سے نکال کر جوس پیا اور چاکلیٹ کھائی۔ اس کا ذہن زہر الود ہو رہا تھا۔ اس نے اپنے سائیڈ ٹیبل کے نچلے خانے سے بلیڈ نکالا۔ اپنے ہاتھوں پہ چھوٹے چھوٹے کٹ لگانے لگی۔ وہ خود اذیتی کا شکار تھی۔ اپنے آپ کو درد میں دیکھ کر مسکرانے لگی۔ وہیں اس کا ساتھی قریب آ کر اس کے بال سہلانے لگا۔ اس کے کانوں میں

سرگوشی کرنے لگا۔ شیطان جو گھر میں بدمزگی پھیلا کر مسکرا رہا تھا۔ اس کے سرہانے کھڑا تھا۔

*

سر کمار ان کے میوزک ٹیچر گانوں پر پرفارمنس کی تیاری کروا رہے تھے۔
مختلف طریقے کے ڈانس تھے۔ کہیں پر صرف اکیلے فرد کی پرفارمنس تھی۔ کچھ گانوں پہ جوڑوں کی شکل میں اور کچھ گانوں پر کئی لوگ مل کر اپنے فن کا مظاہرہ کر رہے تھے۔ ابھی سب اپنی اپنی مشق میں مصروف تھے۔ آج ٹیچرز نے سب بچوں کو کہا تھا کہ اپنے لباس لا کر دکھائیے جو آپ کو پرفارمنس میں پہننے ہیں۔
بغیر آستینوں والے مختصر سے بلاؤز اور گھاگرے میں ابرش تیاری والے کمرے سے باہر آئی۔ تو سب کی بے ساختہ نظریں اس کی جانب اٹھیں۔ اس کے بلاؤز کا گلا آگے سے کافی گہرا تھا جب کہ پیچھے سے بلاؤز میں فقط چند ڈوریاں ہی تھیں۔ مختصر سی ٹاپ اور کیپری پہننے والی لڑکی کے لیے کوئی بڑی بات نہیں تھی۔ ویسے بھی وہ یہ لباس اپنی کزن کی شادی میں چند مہینے پہلے پہن چکی تھی اور گانے پر پرفارمنس دے چکی تھی۔ وہ اعتماد سے چلتی ہوئی آئی۔ کچھ کے ہونٹ سیٹی کے انداز میں گول ہوئے مگر آواز نکالے بغیر ہی خاموش ہو گئے۔ کوئی فقط ایک نظر ڈال کر دوبارہ اپنے کام میں مصروف ہو گیا۔
حسد، رشک، ستائش مختلف طرح کی نظریں اس کی جانب اٹھی تھیں۔ وہ اس طرح کی نظروں کی عادی تھی۔ سو وہ بے نیازی سے ٹیچر کے سامنے آ کر کھڑی ہوئی۔ ٹیچر نے ایک ستائشی نظر اس پر ڈالی اور اس کو اوکے کا اشارہ کیا۔
پڑوسی ملک کی فلم کا ایک گانا چلایا گیا۔ ”تو رنگ شربتوں کا۔“ ابرش کے مقابل اعیان تھا۔ دونوں کافی اچھی تیاری کر چکے تھے اور بہت اعتماد سے ڈانس کر رہے تھے۔ یوں ہی ناچتے ناچتے اعیان نے جیسے ہی ابرش کو اپنے سے قریب کیا۔ ابرش کے دل کی دھڑکن ایک دم بے ترتیب ہو گئی۔ کم عمری میں میڈیا اور انٹرنیٹ دیکھ کر وقت سے پہلے بہت کچھ سمجھ چکی تھی۔ اعیان تیسری جماعت سے ہی اس کا کرش تھا۔ اور یہ بات تقریباً تمام ہی اسٹوڈنٹ جانتے تھے۔ جب کہ اعیان نے کبھی اس کی حوصلہ افزائی نہیں کی۔ نہ ہی اپنا کوئی رجحان ظاہر کیا۔ ابرش کی بولتی آنکھوں کو سترہ سالہ اعیان نے بڑی خوبصورتی کے ساتھ نظر انداز کیا۔ فلمیں دیکھ دیکھ کر اعیان بھی بہت کچھ سمجھتا تھا ۔ جذبات کو چہرے پہ آنے سے کیسے روکنا ہے۔ اپنی طرف اٹھتی ہوئی تعریفی نگاہوں پہ کیسے سنجیدہ رہنا ہے۔ مقابل کو نظر انداز کر کے کس طرح اپنی اہمیت بڑھانی ہے۔ یہ سب اعیان خوب

اچھی طرح سے جانتا تھا ۔ گانا مکمل ہوتے ہی ان دونوں کے تھرکتے ہوئے پیر تھم گئے۔ ہال تالیوں کی آواز سے گونج اٹھا۔
"بہت خوب۔"
زبردست ۔" اعیان سب سے تعریفیں وصول کر رہا تھا۔ اس نے مڑ کر" ابرش کو نہیں دیکھا۔ ابرش کو ہتک کا احساس ہوا۔ "سر آپ مطمئن ہیں تو میں اب اپنے ڈرامے کی مشق بھی کر لوں۔" ابرش نے سنجیدگی سے سر کمار سے پوچھا۔
"جی ضرور کیوں نہیں۔ "
سر نے اس کے سر پر ہاتھ رکھ کر تھپکی دی۔ اور وہ کسی کی طرف بھی دیکھے بغیر تیزی سے آگے بڑھ گئی۔
صفدر کسی انگلش گانے پر پرفارمنس دینے کے لیے تیار ہو کر آ چکا تھا۔ اعیان اپنے کپڑے تبدیل کرنے چلا گیا۔
رمیز اور فیضان آپ دونوں تیار رہیئے گا اگلی باری آپ کی ہے۔" سر " کمار نے ان دونوں کو کہا۔
جی سر ہم بالکل تیار ہیں۔" دونوں نے بیک وقت جواب دیا۔ "
سر آپ پہلے میری پرفارمنس دیکھ لیں۔ مجھ سے تو یہ دوپٹہ ہی نہیں " سنبھالا جا رہا۔" عینا نے اپنے بڑے سے دوپٹے کو بمشکل سر پر ٹکایا ہوا تھا۔
۔" تو تم کو کس نے مشورہ دیا تھا کہ مادھوری کے گانے پر ڈانس کرو اور چولی گھاگرے کے ساتھ اتنا بڑا سا دوپٹہ بھی ٹانگ لو۔ اتنا بڑا دوپٹہ تو شاید تم نے زندگی میں کبھی نہیں اوڑھا ہوگا۔" فائزہ نے اس سے کہا۔
ہاں یار مگر مجھے دیوداس فلم کا یہ گانا بہت پسند ہے اور اس پر ڈانس " پرفارمنس بھی بہت خوب ہے۔ میں نے اپنے بھائی کی شادی میں بھی اس گانے پر پرفارم کیا تھا۔" عینا نے فخر سے بیان کیا۔
خاموشی سے تھوڑی دیر بیٹھ جائیں پہلے ان کی پرفارمنس دیکھ لوں " پھر آپ کو بلاتا ہوں۔" سر کمار نے اس سے کہا۔
گانے کی موسیقی شروع ہوتے ہی صفدر کے پاؤں تھرکنے لگے تھے۔
تقریباً سب کی نظریں اس کی جانب تھیں۔ وہیں شیطان بھی کھڑا مسکرا رہا تھا۔

*

بریک ٹائم میں تمام دوست درخت کے نیچے بیٹھے لنچ کر رہے تھے۔ موسم کافی خوشگوار تھا۔ بچے ٹولیوں کی صورت میں اِدھر اُدھر بیٹھے تھے ۔کچھ بچے کھیل میں مشغول تھے۔ کینٹین کی جانب بھی رش لگا ہوا تھا۔ سینئر ٹو کا بریک سے پہلے اسپورٹس کا پیریڈ تھا۔جس میں بچے اپنے پسندیدہ اسپورٹس میں باقاعدہ کھیلتے تھے۔ کچھ بچے بیڈمنٹن، ٹیبل ٹینس، کرکٹ، فٹبال میں دلچسپی لیتے تھے۔ سپورٹس کے پریڈ میں باقاعدہ پریکٹس کروائی جاتی تھی۔

یار رمیز پورا ہفتہ ہونے والا ہے اور تمہاری کوئی نئی ویڈیو نہیں " "آئی۔

"بس دو شارٹس ہی تم نے ڈالے ہیں۔ "

اسکول کے ہر فنکشن میں اتنا متحرک ہے اور پھر شام میں کوچنگ " "ٹائم نہیں ملتا ہوگا۔

"ےار تمہارے پاس بنانے کے لیے موضوع ختم ہو گئے ہیں۔ "

"تم لوگ اپنی ہی اپنی ہانکے جا رہے ہو اس کو تو بولنے د۔ "

صفدر نے باقی سب کو ٹوکا تو۔

"ہاں ہاں تم بولو۔ "

کہہ کر باقی سب خاموش ہو گئے۔

ایک بڑی اہم ویڈیو ریلیز ہونے والی ہے۔ بس آج کل اسی پر کام کر رہا " ہوں۔ آج شام میں اپنے چینل پر اپڈیٹ کروں گا۔" رمیز نے جواب دیا۔

کس موضوع پر بنا رہے ہو۔ ولاگ یا بنا چکے ہو۔" نے سوال کیا۔ "

بس دو دن انتظار کر لو پھر دیکھ لینا۔" رمیز مسکرا یا "

کیا تم کوئی دھماکہ کرنے والے ہو یا تم بھی اپنی شادی کا اعلان کرنے " والے ہو۔ ابھی دیکھی تھی نیوز ۔چھٹی، ساتویں کے بچوں نے شادی کر لی "ہے۔ ہم تو دسویں میں آگئے ابھی تک ہماری شادی نہیں ہوئی۔

قاسم نے آہ بھرتے ہوئے کہا۔

شادی کا کیا فائدہ ہے جب تک کہ آپس میں انڈرسٹینڈنگ نہ ہو۔ بلا وجہ " خود بھی پریشان ہوتے ہیں۔ اپنی اولادوں کو بھی کرتے ہیں۔" جنید کے لہجے میں تلخی تھی۔

”یار تیرے ساتھ مسئلہ کیا ہے؟ تُو ہر بات میں اپنے گھر والوں کو کیوں گھسیٹ لیتا ہے۔“ ماریہ نے چڑ کر کہا۔

”بات تو خیر صحیح ہے شادی میں کیا رکھا ہے۔ مزے تو اس کے بغیر بھی بہت ہو سکتے ہیں۔“ فیضان نے عجیب لفنگوں کے انداز میں کہا۔

”کیا ہو گیا بھائی آرام سے لڑکیاں بھی بیٹھی ہیں۔“ رمیز نے اسے ٹوکا۔

کچھ دنوں سے رمیز کو فیضان کی سرگرمیاں کچھ مشکوک لگ رہی تھیں۔ جبکہ چند ہفتے پہلے تک وہ اس کا بہترین دوست تھا۔ مگر آج کل وہ کچھ کھویا کھویا لگتا تھا۔ پچھلے کچھ دنوں سے ہفتے طالبات کی تیاریوں میں تقریبا سب ہی بچے بہت زیادہ مصروف تھے۔ جس کی وجہ سے تھک بھی بہت رہے تھے۔ رمیز فیضان کے رویے کو بھی اسی ہی انداز میں لے رہا تھا۔ مگر آج اس کا بات کرنے کا انداز اور اس کے جملے نے رمیز کو ٹھٹکا دیا۔ باقی تو اپنی باتوں میں مگن رہے۔ مگر رمیز کو فیضان کے انداز نے چونکا دیا تھا۔

بریک ختم ہونے کی بیل بج چکی تھی۔ تمام بچے قطار میں اپنی کلاسوں کی جانب چل دیے۔

*

ہفتہ طلبہ و طالبات کی تیاریاں زور و شور پر تھیں۔جمعہ کا دن تھا اور پیر سے اس کا باقاعدہ آغاز ہونا تھا۔ آج تدریسی عمل تقریبا معطل تھا۔ تمام ٹیچرز اور طلبہ و طالبات اپنی اپنی تیاریوں میں مصروف عمل تھے۔ یہ سکول کی سالانہ سرگرمیوں میں سب سے اہم سرگرمی تھی۔ جس کی وجہ سے پورے اسکول کو نئے طریقے اور نئے آرائشی سامان سے سجایا جا رہا تھا۔کہیں پر نئے پھول لگائے جا رہے تھے تو کہیں پر رنگ و روغن کیا جا رہا تھا۔ ان ہی تقریبات میں ٹیچرز کو بھی انعامی اور حوصلہ افزائی شیلڈ یا ٹرافی دی جاتی تھی۔ جس کی وجہ سے تمام ٹیچرز سال بھر بہترین کارکردگی دکھاتے تھے۔ آج بھی سب لوگ اپنے اپنے شعبوں اور اپنے اپنے کام میں بہترین کارکردگی دکھانے میں کوشاں تھے۔

آڈیٹوریم میں لوگ ٹولیوں کی صورت میں بیٹھے اپنے اپنے پروگرام کی مشق کر رہے تھے۔ کچھ ٹیچرز نے تو تیاری کے لیے اپنے سٹوڈنٹ کو ہفتے کو بھی سکول بلایا تھا۔ جن بچوں نے ایک سے زائد چیزوں میں حصہ لیا تھا۔ وہ اب بوکھلائے بوکھلائے پھر رہے تھے۔ کبھی ایک ٹیچر آواز دیتیں۔ کبھی دوسرے ٹیچر بلا لیتے ہیں۔ مگر یہ سب کچھ نیا نہیں تھا۔ ہر سال اسی طرح ہی تیاری کی جاتی تھی۔ اب بچے بھی اس کے عادی ہو گئے تھے۔ خاص کر وہ بچے جو کئی سال سے اسی اسکول میں پڑھ رہے تھے۔ ان کو اسکول کا نظام اچھی طرح سمجھ آ چکا تھا اور وہ بغیر کسی گھبراہٹ کے اپنا کام خوش اسلوبی سے انجام دے رہے تھے۔ یوں جمعہ کا مختصر سا دن اختتام پذیر ہوا اور سب اپنے گھروں کو نئی امید کے ساتھ لوٹ گئے۔

*

سمیع عرف سَیم کی لگائی ہوئی تصویر نے دھماکہ کر دیا تھا۔ تصویر میں مرحا اور اعیان ایک ساتھ بیٹھے گفتگو کر رہے تھے۔ بظاہر تو تصویر میں کچھ بھی معیوب نہیں تھا۔ کیونکہ سبھی کو معلوم تھا کہ وہ دونوں ایک ہی ڈرامہ میں کام کر رہے ہیں۔ مگر سیم نے اس پر لکھا ۔

نیا جوڑا، محبت ساتھ ہی لال دل کا نشان بھی بنا ڈالا۔ ویک اینڈ کی شام تھی۔ تقریبا تمام ہی طلبہ و طالبات آن لائن تھے۔ جلد ہی سوالات اور گفتگو کی بھرمار شروع ہو چکی تھی۔ کوئی تردید کر رہا تھا، تو کوئی تائید کر رہا تھا،کوئی حیرت زدہ تھا۔ اس شام مرحا کے بھائی کی منگنی تھی۔ مرحا اپنی تیاریوں میں مگن تھی۔ اس نے موبائل اٹھا کر نہیں دیکھا تھا اور وہ تمام ہنگاموں سے بالکل بے خبر تھی۔

ابھی وہ ہوٹل کے بال روم میں ہی پہنچے ہی تھے کہ اس کی کزن فاریہ نے اپنی تصویریں اپلوڈ کرنے کے لیے انسٹا کھولا۔ اس کے ان باکس میں اس کی دوست کے پیغامات موجود تھے۔ جس میں انہوں نے اس سے تصدیق کرنی چاہی تھی کہ یہ اس کی کزن مرحا ہی ہے یا کوئی اور۔ اس کی کزن اس کی ہم عمر ہی تھی اور قدرے نہ سمجھ بھی۔

مرحا یہ دیکھو تمہاری اور تمہارے مسٹر رائٹ کی تصویر کتنی وائرل ”
“ہو رہی ہے۔

اس نے بھری محفل میں با آواز بلند کہا۔

مرحا اس سے کچھ فاصلے پر۔ اپنی ہونے والی بھابی کی بہن سے گفتگو کر رہی تھی۔ فاریہ کی بات مرحا سے پہلے اس کے بھائی اور امی کے کان میں جا پڑی۔

موبائل دکھاؤ۔" مرحا کے بڑے بھائی نے فاریہ کی جانب ہاتھ بڑھایا۔ ”

مرحا کے بڑے بھائی کے غصے سے سب ہی کزن ڈرتے تھے۔ فاریہ ان کی سنجیدگی دیکھ کر خوفزدہ ہو گئی۔

کچھ نہیں بھائی بس ایسے ہی۔“ اس نے اپنا ہاتھ پیچھے کرنے کی ”
کوشش کی۔

موبائل دکھاؤ۔“ انہوں نے دوبارہ سختی سے کہا آواز ابھی بھی دھیمی ”
ہی تھی۔ کیونکہ وہ محفل میں کھڑے تھے۔ انہوں نے موبائل ہاتھ میں لے کر ایک نظر تصویر اور اس پر لکھی ہوئی عبارت پر ڈالی اور فاریہ کو موبائل واپس کر دیا۔ ان کا غصہ آسمان کو چھو رہا تھا۔ اگر چھوٹے بھائی کی سسرال کا لحاظ نہیں ہوتاتو وہ ابھی مرحا سے باز پرس کرتے۔ کسی طرح بھابھی نے ان کا غصہ کم کرنے کی کوشش کی۔ مگر وہ گھر واپس چلے گئے۔ مہمانوں

سے طبیعت خرابی کا بہانہ کیا گیا۔ مرحا اب بھی ان تمام باتوں سے بے خبر ہی تھی۔ اس کی امی نے سختی سے فاریہ اور تمام لوگوں کو اس موضوع پر گفتگو کرنے سے منع کر دیا۔ مرحا تیاری کے جوش میں اپنا موبائل گھر ہی بھول گئی تھی۔ رات گئے وہ گھر واپس آئے۔ بھیا نے مرحا کو وہیں لاؤنج میں روک لیا۔

"اپنا موبائل لے کر آؤ۔"

"بیٹا نرمی سے بات کرنا۔ ہمیں اپنی بچی پہ اعتماد ہے۔ یہ کسی کی شرارت ہو سکتی ہے۔ مرحا بھی غلطی کر سکتی ہے۔ تم اس سے پیار سے پوچھو گے تو بتا دے گی۔" اس کی امی نے بیٹے سے کہا۔

مرحا نے اپنا موبائل اٹھایا تو انسٹا پہ سو کے قریب نوٹیفیکشنز تھے۔ اس کو بہت حیرت ہوئی وہ زیادہ سوشل نہیں تھی۔ ابھی تو بھائی کی بات پہ حیرت زدہ تھی کہ ایسے کیوں بلایا۔ سو موبائل لے کر بھائی کے پاس آگئی۔

"جلدی میں گھر ہی بھول گئی تھی۔ میں نے اپنی کوئی تصویر نہیں ڈالی ہے۔" اس نے موبائل بھائی کو دیتے ہوئے کہا۔

"لاک کھلا ہوا ہے؟" بھائی نے پوچھا۔

"جی۔"

"جاؤ تم چینج کرو۔" بھائی نے اس کو مسکرا کر کہا۔

مرحا کے والد ایمرجنسی میں بہن کے پاس دبئی گئے ہوئے تھے۔

تصویر اس پہ کئے گئے تبصرے دیکھے۔

"اتنے برسوں میں آخر اعیان کا اسکینڈل بن ہی گیا۔"

"اعیان کو بھی کوئی بھا گئی۔"

جیسے تبصرے بھی تھے۔ کافی تبصرے کے بعد اعیان ملک کا جواب بھی تھا۔ جس میں اس نے سختی سے تردید کی تھی۔ اور سخت برہم تھا۔ کہ "یہ کس قسم کی بے ہودگی ہے۔ اسکول میں اتنا اچھا ریکارڈ رہا۔ اب آخری سال میں یہ مذاق کیوں کیا گیا۔ اب سیم فون بھی نہیں اٹھا رہا۔"

مرحا کپڑے بدل کر آگئی تھی۔ اس کو سمجھ نہیں آرہا تھاکہ آخر ہوا کیا ہے۔ ابھی تک اس کی گھر والوں سے کوئی بات نہیں ہوئی تھی۔ اس کی کوئی بہن نہیں تھی۔ اس سے بڑے چار بھائی تھے۔

"یہ کون ہے؟" بھیا نے موبائل اس کے ہاتھ میں دیا۔ جس پر تصویر کھلی ہوئی تھی۔

وہ ایک دم حیران ہو گئی۔

"جی یہ سینئر تھری کا اعیان ہے۔"

ساتھ لکھی ہوئی عبارت پڑھ کر اس کے ہوش اڑ گئے۔
اب اس کو معاملہ ایک دم سمجھ آگیا تھا کہ یقینا یہ بات بھائی کو پتہ چل گئی تھی۔ اسی لیے ان کا رویہ اس طرح سے تھا۔
"ساتھ کیوں ہے؟"
"بھائی ہم دونوں ایک ساتھ ایک ڈرامے میں کام کر رہے ہیں۔ تو ایک دوسرے کے ساتھ مکالمے تھے۔ ہم اس کی مشق کر رہے تھے تو پتہ نہیں کس نے یہ تصویر کھینچ لی۔" مرحا نے اعتماد سے جواب دیا۔
"کیا کردار ہے تمہارا ڈرامے میں؟"
"بھائی میں ڈرامے میں اعیان کی چھوٹی بہن بنی ہوں۔ ڈرامے میں یہ دکھایا گیا ہے کہ اعیان اور اس کے چند دوست نشہ کرنا شروع کر دیتے ہیں۔ جس کی وجہ سے اس کی طبیعت خراب ہوتی ہے۔ میرا بس دو ہی سین ہے جب مجھے یہ پتہ چلتا ہے کہ میرا بھائی بھی نشہ کر رہا ہے تو اس وقت کے کچھ جملے ہیں اور آخر میں بس بھائی کے ساتھ کہ اس کو میں اپنا واسطہ دے کر اس نشے سے روکنے کی کوشش کرتی ہوں۔ ڈرامے کی تیاری کئی دنوں سے ہو رہی تھی۔مگر جس لڑکی کو وہ کردار کرنا تھا۔ اس کو بخار ہو گیا اور وہ آج کل اسکول نہیں آرہی تو ٹیچر نے مجھے یہ کردار دے دیا۔اس کے علاوہ تو میں نے اس دفعہ کسی بھی چیز میں حصہ نہیں لیا کیونکہ جب میرا داخلہ ہوا تو یہاں پر تیاریاں شروع ہو چکی تھی اور تقریبا سب ہی کا انتخاب ہو چکا تھا۔" مرحا کا لہجہ کسی بھی قسم کے جھوٹ سے پاک تھا۔
"ابھی تمہارے پاس دو دن ہیں۔ ہفتہ اور اتوار تم ان تمام تبصروں کو پڑھو اور پھر مجھے بتاؤ کہ تم اس پر کیا جواب دو گی۔ مجھے بتائے بغیر تم اس پر کوئی بھی تبصرہ نہیں کرو گی۔ میں یہاں پر تمہاری طرف سے جواب دے سکتا تھا مگر میں چاہتا ہوں کہ تم خود مجھے بتاؤ کہ تمہارا اس پر کیا رد عمل ہونا چاہیے۔"
"جی۔" مرحا کی سمجھ نہیں آرہا تھا کہ کیا جواب دے۔
بھائی اٹھ کر اپنے کمرے میں چلے گئے اور وہ اپنا موبائل لے کر کمرے میں آئی تو پیچھے پیچھے اس کی امی بھی آگئیں۔ ان کو یقین تھا کہ اس وقت مرحا کو ان کی ضرورت ہے اور یقینا وہ کسی غلط چیز میں ملوث نہیں ہوئی ہوگی۔ ان کی امی کا تعلق ان ماؤں سے تھا۔ جو بہت زیادہ مصروف ہونے کے باوجود بھی اپنے بچوں کی تربیت پر سمجھوتہ نہیں کرتی تھیں۔

*

ہفتہ طلبہ و طالبات کا آغاز مضمون نویسی اور تقاریر کے مقابلے سے ہوا۔ اس دن مرحا سکول نہیں آئی۔ اس نے مضمون نویسی میں اپنا نام لکھوایا تھا۔

اعیان تو سیم کے گھر جا کر اس سے لڑ چکا تھا اور باقی لوگوں نے بھی خوب اس کو لعن طعن کی تھی۔ اس نے کہا میں نے تو محض ایک مذاق کیا تھا۔

سمیع کو معلوم تھاکہ اعیان ملک کے ارادے بہت بلند ہیں اور وہ جب تک کسی اچھی جگہ پر نہیں آجاتا۔ وہ کسی لڑکی کے طرف آنکھ اٹھا کر بھی نہیں دیکھے گا۔ اعیان تک تو بات صحیح تھی مگر آج مرحا کی غیر حاضری نے پھر سے سب نے سمیع کو لعن طعن شروع کر دی۔

"حد کرتے ہو نہ جانے اس کا گھر خاندان کیسا ہے؟ اس کے گھر والے کیسے ہیں؟"

"کہیں اس کے اوپر پابندی ہی نہ لگ جائے۔"

"کسی لڑکی کے اوپر اتنا بڑا الزام لگاتے ہوئے تمہیں کچھ سوچنا تو چاہیے۔"

"کچھ لوگ بڑی بڑی پوسٹ پر پہنچ کر بھی اپنی بیٹیوں کے معاملے میں وہی دقیانوسی سوچ رکھتے ہیں۔"

"بات دقیانوسی کی نہیں ہے۔ اسکول کے دور میں ہی کسی لڑکے کے ساتھ نام آجانا کسی بھی شریف گھرانے کی لڑکی کے لیے اچھی بات نہیں ہے۔"

سمیع کے کلاس فیلوز اور جاننے والوں نے اس کا ناطقہ بند کر دیا تھا۔

"اگر تم کو یہ مذاق اعیان سے کرنا تھا تو اس کو پرسنل میں بھیج دیتے تم نے کنفیشن پیج پر کیوں لگایا۔"

"ایک ابرش نے الگ میرا دماغ خراب کر رکھا ہے دو دن سے۔ میرا واٹس ایپ نمبر بھی اس کو معلوم ہے کال پر کال کر رہی ہے۔ان باکس تو میں نے کھول کر دیکھا ہی نہیں۔" اعیان سر پکڑے بیٹھا تھا۔

"بلاک کر دو۔"

"بلاک کرنے کا کیا فائدہ وہ اپنے ہی بلاک میں رہتی ہے۔ گھر پر آجاتی ہے۔" اعیان نے بیچارگی سے کہا۔

سب کی بے ساختہ ہنسی نکل گئی۔
" مذاق نہیں کر رہا۔ عجیب مصیبت ڈال دی ہے اس گدھے نے میرے سر پر۔" اعیان نے غصے سے سمیع کے کندھے پر ہاتھ مارا۔
" معاف کر دے یار غلطی ہو گئی مذاق کیا تھا کسی کو مرحا کے گھر کا پتہ معلوم ہے۔ اس کے گھر پر جا کر معذرت کر لیتا ہوں۔"
" اس کی دوستی منزہ سے ہے۔ ابھی اس سے پوچھتے ہیں کہ اس کے گھر کے ماحول کا کچھ اندازہ ہے کہ نہیں یہ نہ ہو کہ تمہارے اس طرح جانے سے اس کے گھر پر کوئی اور فساد کھڑا ہو جائے۔"
" مگر بات صحیح ہے کہ گھر پر ہی بات کرنی چاہیے۔ ہو سکتا ہے اس کے اوپر پابندیاں لگ گئی ہوں۔ جس کی وجہ سے وہ آج اسکول نہیں آسکی۔"
" چلو منزہ سے پوچھتے ہیں۔ پھر ہم سب اکٹھے چلتے ہیں۔ منزہ کو بھی ساتھ لے لیں گے۔" فائزہ نے کہا
" تم لوگوں کا پروگرام بن جائے تو مجھے بھی بتا دینا میں بھی آ جاؤں گا۔" اعیان کہہ کر وہاں سے اٹھ گیا۔
منزہ نے آنے سے پہلے مرحا کو بتا دیا تھا۔اس کی امی اور بھائی بھی موجود تھے۔منزہ کے ساتھ سمیع، اعیان، فائزہ اور سمیع کی بہن دعا بھی آئی۔
" میں بہت معذرت چاہتا ہوں کہ میرے ایک مذاق نے آپ لوگوں کو بہت ذہنی تکلیف سے گزارا۔میں یہ مذاق صرف اعیان سے کرنا چاہتا تھا مگر غلطی سے اس کو پرسنل میں بھیجنے کے بجائے میں نے کنفیشن پیج پر ڈال دیا۔"
اس کا لہجہ بھی ندامت لیے ہوئے تھا۔
" کیا یہ مذاق تھا۔کیا اس عمر کے بچوں کے لیے یہ بات مذاق ہوتی ہے؟" مرحا کے بھائی نے سنجیدگی سے پوچھا۔
تو سمیع اور اعیان دونوں نے پریشان ہو کر ایک دوسرے کو دیکھا ۔
" جی بالکل یہ بات مذاق میں کرنے والی نہیں تھی۔ بلکہ اس عمر میں تو یہ باتیں کرنے کی ہی نہیں ہیں۔ اس سے غلطی ہوئی آپ معاف کر دیجیے۔" سمیع کے بجائے اعیان نے جواب دیا۔
" جی بالکل میں بہت شرمندہ ہوں کہ میری وجہ سے آپ لوگوں کو ذہنی تکلیف اٹھانی پڑی۔" سمیع نے ایک بار پھر معذرت کی۔
اس رات مرحا کے بھائی کی منگنی تھی اور وہ اپنا موبائل بھی گھر پہ بھول گئی تھی۔ اس کو تو ساری باتیں رات کے بارہ بجے کے بعد معلوم ہوئی۔

اس کے بعد سے اس کا رو رو کے برا حال ہے اور دو دن میں وہ صدمے سے بیمار پڑ گئی۔ کیونکہ آپ کے ہی سکول میں ہمارے خاندان کے کچھ اور بچے بھی پڑھتے ہیں یا ان کے دوست وغیرہ موجود ہیں۔ جس کی وجہ سے یہ بات خاندان میں پھیل چکی ہے۔" مرحا کی امی نے بتایا تو سمیع کو بہت زیادہ شرمندگی ہوئی۔

"میں بہت معذرت چاہتا ہوں کہ میری ذرا سی بے وقوفی نے آپ لوگوں کو کتنی تکلیف دی۔ میں مرحا کی دل سے عزت کرتا ہوں۔ میں اپنی بہن کو بھی ساتھ لایا ہوں یہ اس کی کلاس فیلو ہے دعا۔ ہم سب اتنے عرصے سے ایک ہی سکول میں پڑھ رہے ہیں۔ تو ہم سب کی ہی آپس میں دوستی ہے۔مگر شروع سے ہی اعیان نے کسی لڑکی سے دوستی نہیں کی بلکہ وہ بات بھی بہت کم کرتا ہے۔ میں اپنے مکالمے کی تیاری کر رہا تھا کہ میری نظر پڑی بس دیکھ کر میں نے یوں ہی تصویر کھینچ لی تھی۔"

سمیع بہت زیادہ شرمندہ ہو رہا تھا۔ اس کو سمجھ نہیں آ رہا تھا کہ وہ ان کی تکلیف کو کیسے دور کریں۔

"ہم لوگ اتنے بڑے سکول میں اس لیے پڑھتے ہیں تاکہ ہمارا کیریئر اچھا بن سکے اور ہم شاندار نمبر سے کامیاب ہوں۔ زندگی کے آگے کے مرحلے میں بھی کامیابی حاصل کریں۔ مخلوط تعلیمی ادارے میں پڑھنے کا مقصد ہرگز یہ نہیں ہے کہ ہم دوستیاں کریں اور اپنی حدوں کو پھلانگنا شروع کر دیں۔" اعیان نے کہا۔

"آپ کے والد کیا کرتے ہیں۔" مرحا کے بھائی نے اعیان سے پوچھا۔

"مَلک انڈسٹریز ہماری ہے۔ پاپا اور دونوں چچا مل کر چلا رہے ہیں۔" اعیان نے بتایا۔

"پھر آگے بزنس پڑھنے کا ارادہ ہے۔" انھوں نے سوال کیا۔ "جی پاپا کی تو یہی خواہش ہے۔ مگر میری خواہش ہے کہ میں پاک آرمی جوائن کروں۔" اعیان نے جواب دیا۔

"بہت خوشی ہوئی یہ خیالات سن کر نہیں تو اس عمر کے بچے تو ابھی کھیلنے کودنے میں ہی وقت ضائع کرتے ہیں۔نہ تو ان کی پڑھائی پر توجہ ہے نہ مستقبل کی فکر۔ خاص کر اس طبقے میں جہاں پر والدین کے پاس دولت ہو تو بچے ساری چیز مفت کا مال سمجھ کر بس صرف اڑانے میں ہی لگے رہتے ہیں۔" مرحا کہ بھائی کو اعیان سے مل کر اچھا لگا۔

"بہت شکریہ بس ہم لوگ معذرت کرنے آئے تھے۔ ہماری وجہ سے جو آپ کو تکلیف ہوئی اور آپ مرحا کو کل سے اسکول بھیج دیں۔ ان شاءاللہ

کوئی بھی اس موضوع پر سکول میں اس سے بات نہیں کرے گا۔ میں نے رات کو ہی وہ تصویر ڈیلیٹ بھی کر دی تھی۔" سمیع نے کہا۔

" میں مرحا کو یہیں بلاتی ہوں وہ تو شرمندگی کے مارے آ نہیں رہی کہ اب میں کسی کا سامنا کیسے کروں گی۔" اس کی امی نے کہا۔

تھوڑی دیر میں اس کی امی مرحا کو لے کر آ گئیں۔ دو دن میں ہی وہ برسوں کی بیمار نظر آرہی تھی۔ عجیب کملایا ہوا چہرہ، سوجی ہوئی انکھیں۔ سمیع کو پھر سے ندامت نے گھیر لیا۔

" مرحا میں بہت زیادہ شرمندہ ہوں کہ میری وجہ سے تم لوگوں کو اتنی تکلیف اٹھانی پڑی۔ میری شرارت کرنے والی طبیعت سے تقریبا اسکول میں سبھی لوگ واقف ہیں مگر ابھی تم کو آئے ہوئے ہفتہ بھر ہوا ہے۔ اس لیے تم کو اندازہ نہیں تھا۔بلکہ یقینا یہ مذاق نہیں میری ایک بڑی غلطی ہے۔ مجھے دل سے معاف کر دو نہیں تو تمہاری روتی شکل دیکھ کر تو مجھے رونا آرہا ہے۔" سمیع کے بیچارگی سے کہنے پر مرحا کو ہنسی آ گئی۔

" بیٹا آپ لوگ کو احساس ہو گیا اور آپ لوگوں نے معذرت کی یہی کافی ہے۔ ان شاءاللہ مرحا کل سے سکول آئے گی۔ آپ پریشان نہ ہوں۔" مرحا کے بھائی نے کہا۔ اتنے میں ملازمہ ٹرالی سجائے آگئی۔

" چلیں آپ لوگ اسنیکس انجوائے کریں۔غلطی کا احساس ہونا اور اس پر معذرت کر لینا ہی انسان کی خوبی ہے۔

غلطی کر کر اس پر ڈٹ جانا اور اس پہ اکڑنا شیطان کی خاصیت ہے شیطان نے بھی غلطی کی تھی۔ وہ اکڑ گیا اور اس نے معذرت نہیں کی۔ جب کہ حضرت آدم علیہ السلام سے غلطی ہوئی تو انہوں نے توبہ کی اور وہ معاف کر دیے گئے۔" اس کی امی نے بچوں سے کہا اور پھر مرحا کی امی اور بھائی کمرے سے چلے گئے۔ تو تمام دوست اپنی باتوں میں مشغول ہو گئے۔ جلد ہی سمیع کے مزاحیہ جملوں نے ماحول کے بوجھل پن کو کم کر دیا۔

*

جدید طرز تعمیر کے شاہکار بنگلے کا دروازہ کھلا۔ بلو جینز پر سفید شرٹ، کاندھے پر بیگ ڈالے ہوئے جنید گھر کے اندر داخل ہوا۔ رات کا دوسرا پہر شروع ہو چکا تھا۔ مصنوعی روشنی سے لان روشن تھا۔ وہ پتھریلی روش پر چلتے ہوئے گھر کے صدر دروازے تک پہنچا۔ ملازم نے مستعدی سے دروازہ کھولا اور سلام کیا۔ وہ جواب دیتا ہوا سیڑھیوں کی جانب بڑھ گیا۔ چند سیڑھیاں چڑھنے کے بعد وہ رکا اور پلٹ کر ملازم سے پوچھا۔

"ماما کدھر ہیں؟ "

"جی وہ لائبریری میں ہیں۔ "

ملازم نے نہایت ادب سے جواب دیا۔

آپ میرے لیے چائے بھجوا دیجیے۔ آج بہت تھکن ہو گئی ہے۔" وہ کہتا " ہوں اپنے کمرے میں چلا گیا۔

وہ صبح کا اٹھا ہوا تھا اور آج دن بھر اس کو صحیح سے کچھ کھانے کا بھی موقع نہیں ملا تھا۔ اسکول سے آتے ہی ابھی وہ کھانے ہی بیٹھا تھا کہ اس کے میتھ کے ٹیوٹر آگئے تھے۔ ان کے جاتے ہی کوچنگ سینٹر کی وین آگئی۔ وہاں بھی دو ٹیسٹ تھے۔ ایک سر جو دو دن سے چھٹی پر تھے۔انہوں نے اضافی کلاس لے لی۔ اب تھکن کے مارے اس کا برا حال تھا۔

اس کے کمرے کے دروازے پر دستک ہوئی وہ سمجھا کہ ملازم آیا اس نے یوں ہی لیٹے لیٹے یس کہہ دیا۔

امتحان سر پر ہیں۔ ٹیسٹ میں اتنے خراب نمبر آئے ہیں اور یہ " صاحبزادے مزے سے لیٹے ہیں۔" اس کے ابو اندر داخل ہوتے ہی شروع ہو گئے۔

وہ گھبرا کے اٹھ بیٹھا۔ اس نے جلدی سے اپنا سامان سمیٹا۔

جو اس نے کمرے میں لا کے یوں ہی ڈال رکھا تھا۔

بس ابو آج بہت زیادہ تھکن ہو گئی تھی اس نے منمناتے ہوئے کہا۔ "

کیا کیا ہے تم نے دن بھر۔اسکول میں تو کھیل تماشہ چل رہا ہے۔کون " "سے پڑھائی کی تم نے ۔

اس کے ابو کو پڑھائی کے علاوہ باقی تمام سرگرمی کھیل تماشہ ہی لگا کرتی تھی۔

ان کے ہاتھ میں کوچنگ سینٹر کے ٹیسٹ کی رپورٹ تھی۔ آج ہونے والے کیمسٹری کے ٹیسٹ میں پچیس میں سے انیس نمبر لیے تھے۔

"کیا ہے یہ سب؟ تمہاری پڑھائی پر توجہ نہیں ہے۔تو کہاں ہے۔ کیا اسکول میں ہونے والے کھیل تماشوں میں تم نے حصہ لینا شروع کر دیا ہے۔" اس کے ابو غصے سے دھاڑے۔

"ابو میں نے تیاری کی تھی۔ مگر آج سر میں درد تھا۔" اس کی آواز بمشکل نکلی۔

"اگر تیاری اچھی ہو تو جیسے بھی حالات ہوتے ہیں بچہ کر لیتا ہے مگر کرنا چاہے تب نا!"

اس کے ابو کوئی بھی عذر ماننے کو تیار نہ تھے۔

"گھر میں نوکر چاکر عیش و آرام نے تمہارا دماغ خراب کر دیا ہے۔" یہ کہہ کر اس کے ابو نے بیلٹ نکالی۔

وہ خوفزدہ ہو کر پیچھے ہوا۔

"اب ایسا نہیں ہوگا۔ اب میں اور زیادہ محنت کروں گا۔" وہ پندرہ سال کا جوان لڑکا ننھے بچے کی طرح کپکپا رہا تھا۔

"تم میری اکلوتی اولاد ہو۔ اتنا پیسہ میں تم پر اس لیے خرچ کرتا ہوں کہ تم اچھا رزلٹ دو اور نتیجہ کیا آتا ہے۔"

اس کے ابو غصے سے پاگل ہو رہے تھے۔

انہوں نے بیلٹ سے اس کو دھڑا دھڑ مارنا شروع کر دیا۔

کچھ دیر تو وہ برداشت کرتا رہا مگر پھر اس کی چیخیں بلند ہونے لگیں۔

ملازمین ان سب چیزوں کے عادی تھے۔سو اس کمرے کی جانب کوئی بھی نہیں آیا۔

کچھ دیر اس کو پیٹنے کے بعد نیم بے ہوش حالت میں اس کو چھوڑ کر وہ وہاں سے چلے گئے۔

ملازم نے اس کو اٹھا کر بستر پر لٹایا۔اس کے زخم صاف کیے۔ اس کو کھانا کھلایا دوا کھلائی۔ اس کو یہ سب اچھا نہیں لگ رہا تھا مگر بولنے کی بھی ہمت نہیں تھی۔

کھانے پینے کے بعد جب ذرا آواز بحال ہوئے تو کہنے لگا۔

"میرے لیے تھوڑا زہر بھی لا دو ۔"

"ایسے نہیں بولیں چھوٹے صاحب اللہ بہتر کرے گا۔" ملازم نے کہا۔

اس کے چہرے پر ایک تلخ سی مسکراہٹ تھی۔

ایسے میں اس کی ماں نے بھی آکر اس کو نہیں پوچھا۔ وہ اپنے ریسرچ ورک کا کام کر رہی تھی۔ اس کو اپنے آپ سے سخت نفرت ہو رہی تھی۔ وہ غم و غصے کی کیفیت میں تھوڑی دیر میں ہی دوا کے اثر سے سو گیا۔

*

اپنے تمام تر جوش رنگینیوں کے ساتھ ہفتہ طلبہ و طالبات اختتام پذیر ہوا۔
جہاں بچوں کو بہت کچھ سیکھنے کھیلنے اور مزے کرنے کو ملا وہاں کچھ بچوں نے فن گالہ میں سٹال لگا کر کمائی بھی کی۔ آج اس سرگرمی کا آخری دن تھا۔ آڈیٹوریم ہال مکمل طور پر بھرا ہوا تھا۔ آج اساتذہ کو ان کی صلاحیتوں اور قابلیت کو سراہتے ہوئے شیلڈ اور ٹرافی سے نوازا جانا تھا۔
جس کے لیے مختلف قسم کی کیٹیگریز تھی۔
جونیئر سیکشن کی مس صبا اور سینیئر سیکشن کے سر سہیل کو بچوں کے پسندیدہ ٹیچر کا ایوارڈ ملا۔ کلاس کے بہترین رزلٹ کی وجہ سے سر ولی کو ٹرافی دی گئی۔ سر ہریش چند کی قیادت میں ان کے سکول کی کرکٹ ٹیم نے کُل سندھ مقابلے میں اول انعام حاصل کیا تھا تو ان کو بہترین لیڈر کا ایوارڈ دیا گیا۔ میڈم فیروزہ اس سال ریٹائرڈ ہو رہیں تھیں ان کو اعزازی شیلڈ دی گئی۔ سال کی بہترین ٹیچر کا ایوارڈ مس کنول کو دیا گیا۔ ان کا نام تین کیٹیگریز میں سر فہرست تھا۔وہ بچوں میں بھی بہت مقبول تھیں۔ ان کی کلاس کی کارکردگی بھی بہترین رہی تھی۔ وہ بہترین منتظم بھی تھیں۔ جب وہ ایوارڈ وصول کرنے سٹیج پر آئیں تو بچوں نے کھڑے ہو کر خوب تالیوں کے ساتھ ان کا خیر مقدم کیا۔
آخر میں اسکول کے پرنسپل خطاب کے لیے اسٹیج پر آئے۔
انہوں نے سب سے پہلے تو تمام لوگوں کا شکریہ ادا کیا۔ جنہوں نے دل سے خلوص کے ساتھ اس سر گرمی کو سرانجام دیا۔ انہوں نے کہا کہ اساتذہ کے ساتھ ساتھ اسٹوڈنٹس نے بھی انتھک محنت کی ہے جس کے نتیجے میں یہ پورا ہفتہ بہت بہترین گزرا۔
آخر میں انہوں نے بچوں سے مخاطب ہو کر کہا کہ
”ہم اس ہفتے میں بہت کچھ سیکھتے ہیں۔ بہت سی یادیں جمع کرتے ہیں۔ جو ہمارے اگلے دنوں کے مشکل وقت میں ہماری طاقت بنتے ہیں۔ جب ہم اپنی عملی زندگی میں تھکنے لگتے ہیں۔ تو یہ پل اور یہاں کی یادیں ہمارے لیے حوصلہ ثابت ہوتی ہیں۔ اس طرح کی سرگرمیوں سے اساتذہ اور اسٹوڈنٹ کے درمیان جو فاصلہ ہوتا ہے۔ وہ بھی کم ہو جاتا ہے۔ ہماری کوشش ہوتی ہے کہ تمام اسٹوڈنٹ اس میں حصہ لیں تاکہ وہ اپنی صلاحیتوں کو نکھار سکیں۔ ہر شخص کے اندر کوئی نہ کوئی خوبی ضرور ہوتی ہے۔ کوئی بہترین کھلاڑی ہوتا ہے، تو کوئی بہترین فنکار۔ کسی میں لکھنے کی صلاحیت ہوتی ہے، تو کسی میں شاعری کی صلاحیت ہوتی ہے۔ کسی میں تحقیق کرنے کی جستجو ہوتی ہے۔ اس دفعہ آپ لوگوں نے سائنس ایکزیبیشن

اور آرٹس اینڈ کرافٹ میں اپنی تخلیقی صلاحیتوں کا بھرپور مظاہرہ کیا۔ آپ اپنی صلاحیتوں کو زنگ لگنے سے بچائیے گا اور مثبت سرگرمیوں میں آگے بڑھیں۔ برائیوں اور فضول وقت ضائع کرنے والے کاموں سے دور رہیں۔ کیونکہ محنت کبھی رائیگاں نہیں ہوتی۔"

انہوں نے بچوں کے لیے نیک خواہشات کا اظہار کیا اور یوں یہ تقریب اختتام پذیر ہوئی۔ سب کے چہرے پر خوشیاں تھیں۔

"یار جنید کا کچھ پتہ ہے پورے ہفتے وہ نہیں آیا۔" سینیئر ٹو کے سٹوڈنٹ اپنی وین کے انتظار میں ایک جگہ جمع تھے تو فیضان نے پوچھا۔

"نہیں معلوم وہ تو فون بھی نہیں اٹھا رہا اور مجھے تو اس کے گھر کا بھی علم نہیں۔" عون نے جواب دیا۔

"چلو پیر سے دیکھتے ہیں۔ شاید وہ اکیڈمی شروع ہوتے ہی آجائے اس کے ابو ان تمام سرگرمیوں کو پسند نہیں کرتے شاید اس لیے وہ نہیں آ رہا تھا۔" صفدر نے کہا تو وہ سب ایک دوسرے سے ملتے ہوئے اپنے اپنے گھروں کی جانب چل دیے.

*

سفید ٹائلز والا، مصنوعی روشنیوں سے جگمگاتا، اے سی کی ٹھنڈک لیا ہوا یہ کمرہ ہاسپٹل کا ویٹنگ ایریا تھا۔ جہاں مریض اور ان کے ساتھ آنے والے لوگ اپنے باری کا انتظار کر رہے تھے۔ وہیں ایک کونے میں پندرہ سالہ فائزہ اکیلی بیٹھی اپنی باری کا انتظار کر رہی تھی۔ اس نے اپنے ارد گرد نظر ڈالی اور لوگوں کے ساتھ دوسرے لوگوں دیکھ کر اس کی احساس کمتری بڑھتی جا رہی تھی۔ اس کے ہاتھ کا زخم توجہ نہ دینے کی وجہ سے صحیح نہیں ہو رہا تھا۔ تو آج کو اسی کو دکھانے کے لیے خود ہی ڈاکٹر کے پاس آنا پڑا۔ اس کے بابا نے اس کے لیے ایک ڈرائیور مخصوص کر رکھا تھا۔ جہاں وہ کہتی وہاں وہ لے جایا کرتا تھا۔ ایک دو دفعہ اس ڈرائیور نے اس کے بابا کو بتانے کی کوشش کی کہ وہ کہیں ایسی ویسی جگہ بھی جاتی ہے۔ جہاں جانا اس کے لیے مناسب نہیں ہے تو اس کے باپ نے کہا کہ تم اس کے ڈرائیور ہو ڈرائیور رہو۔ جاسوسی مت کیا کرو کہ وہ کہاں جا رہی ہے اور کہاں نہیں جا رہی۔ بیچارا غریب آدمی اپنی نوکری کو بچانے کی خاطر خاموش رہا مگر اس کو اس چھوٹی بچی کا اس طرح اکیلے آنا جانا اور ایسی ہی جگہوں پر آنا جانا بالکل بھی اچھا نہیں لگتا تھا۔ ابھی بھی وہ بظاہر بالکل صحیح نظر آرہی تھی مگر وہ اکیلی ہی ڈاکٹر کے پاس آئی۔ ڈرائیور کو تشویش تھی۔ مگر اس کو کچھ کہنے کی اجازت نہیں تھی۔ نمبر پکارے جانے پر فائزہ کمرے میں گئی۔

بیٹا آپ کے ساتھ کوئی اور ہے۔" ڈاکٹر نے پوچھا۔ "

جی میرے ڈرائیور ہیں باہر۔" فائزہ نے جواب دیا۔ "

آپ کے پیرنٹس۔" ڈاکٹر نے حیرت سے استفسار کیا۔ "

ان کے پاس اتنی فرصت نہیں کہ وہ مجھے دیکھیں۔" فائزہ نے تلخی " سے جواب دیا۔ ڈاکٹر اپنی حیرت چھوڑ کر پیشہ ورانہ انداز میں آگے بڑھا۔

جی بتائیے آپ کو کیا تکلیف ہے۔" وہ اس کو زخم دیکھ کر دوا لکھ کر " فارغ کر چکا تھا۔ ڈاکٹر کو اس سے کوئی سروکار نہیں تھا۔ تیز زخم کہاں سے اور کیوں لگے یا اس بچی کے ساتھ کوئی اور موجود تھا یا نہیں وہ جس علاقے میں موجود تھے۔ وہاں پر یہ ایک عام سی بات تھی۔ یہاں پر اکثر ہی اس طرح کے کیس آتے۔ جہاں پر بچے یا بچیاں اپنا خود ہی نقصان کر کے آجایا کرتے تھے۔ کبھی کوئی غصے میں اپنا سر دیوار پہ دے مارتا، تو کوئی

اپنا ہاتھ کاٹ لیتا۔ اپر کلاس کے اس علاقے میں اس طرح کی سٹریس چھوٹے بڑے ہر عمر کے فرد میں موجود تھی۔ جس کا اظہار وہ اپنے آپ پر غصہ نکال کر کرتے تھے۔ خود اذیتی کا یہ پہلا کیس نہیں تھا۔ جو ڈاکٹر نے دیکھا۔ اس لیے ان کا رویہ بے حد نارمل تھا۔ پیشہ ورانہ انداز سے انہوں نے اس کو ڈیل کیا.

فائزہ کلینک سے باہر نکلی تو ڈرائیور پٹرول ڈلوانے کے لیے گیا تھا۔وہ فائزہ کو بتا چکا تھا۔ فائزہ کو لگا تھا کہ شاید اس کو یہاں پر وقت لگے گا مگر ڈاکٹر نے تھوڑی سی دوا دے کر اور بینڈج کروا کر بھیج دیا۔ فائزہ باہر لان میں بیٹھی ڈرائیور کا انتظار کر رہی تھی۔ سامنے سے صارم آتا نظر آیا۔ یوں تو صارم اور فائزہ اب ایک کلاس میں نہیں تھے مگر کئی سالوں سے ایک ہی سکول میں پڑھنے کی وجہ سے دونوں ایک دوسرے سے اچھی طرح واقف تھے.

ہیلو فائزہ کیسی ہو؟ بہت خوشی ہوئی تم کو اتنے عرصے بعد دیکھ کر۔"
صارم ساتھ آ کر بیٹھ گیا۔ فائزہ نے ہلکا سا
"ہائے۔"
کہہ کر جواب دیا اور خاموش رہی.

کیا ہوا پریشان ہو؟ اپنی پریشانی شیئر کر سکتی ہو۔ میں کسی سے ذکر " نہیں کروں گا۔" صارم نے اس کے کندھے پر اپنے بازو پھیلایا اور اس کو اپنے سے قریب کیا۔ وہ ایک دم رونے لگی۔ صارم نے تھوڑی دیر اس کو "رونے دیا۔ پھر پوچھا۔ "کیا ہوا؟ تم مجھے کھل کر بتا سکتی ہو.

فائزہ کا دل چاہا کہ وہ اپنے دل کا حال کسی کو کہہ سنائے۔ وہ صارم کو اپنے دل کا حال سنانے کے لیے خود کو تیار کر چکی تھی۔ "کہیں کیفٹیریا میں بیٹھتے ہیں۔' فائزہ نے کہا تو صارم اس کے ساتھ اسی کلینک کے اوپر بنے کیفیٹریا میں چلا آیا۔ فائزہ نے اپنے ڈرائیور کو میسج کر دیا کہ ابھی اس کو وقت لگے گا. اس کو معلوم تھا کہ اس کی دیر سویر ہونے پر کوئی بھی اس کا انتظار کرنے والا نہیں ہے۔ سو وہ بہت مطمئن تھی.

صارم کچھ نہ کچھ اس کے حالات سے واقف تھا۔ اس کو معلوم تھا کہ اس کی ماں جب اس کو چھوڑ کر گئی تھی۔ تو اس کے باپ نے دوسری شادی کر لی اور اس کی سوتیلی ماں اس کے ساتھ بہت اچھی ثابت نہیں ہوئی۔ فائزہ اپنے دل کا حال بتانے لگی۔ وہ محبت کو ترسی ہوئی تھی وہ چاہتی تھی کہ وہ بھی اپنے ماں باپ کے ساتھ ایک خوش و خرم زندگی گزارے۔ جہاں پر اس کے ماں باپ کو اس کی فکر ہو مگر یہاں تو اس کے سگے باپ نے بھی اس

کو بھلا ڈالا تھا۔ اس کی بات سن کر صارم نے فائزہ کو بتایا کہ وہ جس طرح خود اذیتی کا شکار ہو رہی ہے اور وہ چاہتی ہے کہ کوئی تفریح ہو جس سے وہ لطف اندوز ہو سکے۔ تم میرے گھر آجایا کرو ہم دوست مل کر اکثر پارٹیز کرتے ہیں۔

کیا واقعی ایسا ہوسکتا ہے۔ میری تو کوئی دوست نہیں ہے۔ چند کزنز " ہیں ان سے ملنا بھی کم ہی ہوتا ہے۔
"

ہاں بالکل تم آجایا کرو میرا فرینڈ سرکل کافی بڑا ہے لڑکے لڑکیاں " دونوں ہیں تم جس سے چاہو دوستی کرنا مزہ آئے گا۔ گھر کے ماحول سے نکلو اس طرح خود کو تکلیف دینا صحیح نہیں۔" ان دونوں کو بیٹھے ہوئے دو گھنٹے ہو چکے تھے۔ آخر فائزہ نے کہا کہ

ٹھیک ہے تم مجھے پتہ دے دو اور اپنا رابطہ نمبر بھی دو " یوں صارم" اپنا ایک اور شکار پا کر خوش ہو کر۔ وہاں سے چل گیا۔ وہ عون اور فیضان کو تو بلیک ویب سائٹ بیچ کر پہلے ہی پیسے کما رہا تھا۔ اب اس کو ایک اور شکار نظر آیا.

*

اسکول میں تدریسی عمل باقاعدہ طور پر شروع ہو چکا تھا۔ ابھی کچھ ہی پیریڈ ہوئے تھے۔ دس بجے کے قریب ایک خبر گردش کرنے لگی۔جس کی سن گن کچھ بچوں کو ملی۔ مگر کوئی بات ابھی واضح نہیں ہو رہی تھی کہ ہوا کیا ہے۔ تھوڑی دیر میں بریک کی گھنٹی بج گئی۔ ٹیچرز، پریفیکٹ، مونیٹرز کچھ زیادہ ہی مستعد نظر آرہے تھے۔ جونیئر سیکشن میں تو تمام کام معمول کے مطابق تھے۔ مگر سینئر کلاسز کے اسٹوڈنٹس کو اندازہ تھا کہ کچھ غیر معمولی ہوا ہے۔ مگر وہ غیر معمولی کیا ہے۔ کسی کو بھی اندازہ نہیں ہو رہا تھا۔ بریک کے بعد تمام طلبہ اور طالبات کو گراؤنڈ میں ہی روکا گیا اور مونیٹر، پرفیکٹس اور ٹیچرز نے کلاس میں جا کے تمام بچوں کے بستوں کی تلاشی لینا شروع کر دی۔ ٹیچرز کی موجودگی میں لی گئی۔ اس تلاشی کی وجہ ابھی تک بچوں کو معلوم نہیں ہوئی تھیں۔ اس لیے چہ مگوئیاں ہو رہیں تھیں۔ کچھ بچے تو خالی پیریڈ ملنے کی وجہ سے خوشی سے کھیل رہے تھے۔ ان کو اس بات سے کوئی سروکار نہیں تھا کہ یہ تلاشی کس نوعیت کی ہو رہی ہے۔سینئر ٹو کے بچے حسب عادت ایک ٹولی کی صورت میں بیٹھے تھے۔ جن میں لڑکے لڑکیاں دونوں ہی شامل تھے ان آٹھ دس بچوں کا گروپ ایک ساتھ ہی بیٹھا کرتا تھا۔

یار جنید تم نے پورے ہفتے چھٹی کر کے اتنے اہم چیزیں گنوا دیں۔ پتہ ہے، مس کنول کو بہترین استاد کا ایوارڈ ملا ہے۔" رمیز نے کہا۔ " ہاں مجھے معلوم ہو گیا تھا۔ میں نے سکول کے صفحہ پر دیکھا تھا۔ بس میری کوچنگ میں ٹیسٹ چل رہے تھے۔ تو میں اس میں مصروف تھا۔ یہاں آکر تو سارا دن اتنی تھکن ہو جاتی تھی کہ گھر جا کے پڑھنا مشکل ہو رہا تھا۔ مجھے موقع اچھا لگا تو میں نے سکون سے بیٹھ کر کوچنگ کے ٹیسٹ دیے۔" جنید نے اعتماد سے جھوٹ بولتے ہوئے کہا۔ " چلو اچھا ہے اس بہانے تمہاری تیاری تو اچھی ہو گئی ہوگی ۔ہم لوگوں نے تو مڈ ٹرم کے بعد صحیح طریقے سے کتاب کو ہاتھ بھی نہیں لگایا۔" صفدر نے اس کی بات رکھتے ہوئے کہا۔

فیضان درخت سے ٹیک لگا کر بیٹھا تو بیٹھے بیٹھے سو گیا۔

اس کو کیا ہوا ہے؟ اس کی نیندیں کیوں اڑی ہوئی ہیں؟" فائزہ نے اس " کو دیکھ کر کہا۔

پتہ نہیں آج کل سبھی کھوئے کھوئے سے ہیں۔ عون کو دیکھو تو اس " کی آنکھوں کے گرد بھی حلقے پڑ رہے ہیں۔ جیسے کہ وہ راتوں کو بیٹھ کے پڑھ رہا ہے۔ صحیح بات ہے اس دفعہ کیمبرج کے پیپر دینے ہیں۔ آخر محنت تو کرنی ہے۔ رات دن ایک کریں گے تبھی تو اے اسٹار لے سکیں گے۔" حامد

جو ان سب میں سب سے زیادہ پڑھائی میں دلچسپی لینے والا تھا۔ اس نے ان دونوں کو دیکھ کر کہا۔ " کیا تم بچے ہو کیا تم کو لگتا ہے کہ ان لوگوں کی آنکھوں کے گرد حلقے اور یہ نیند کی کمی پڑھائی کا نتیجہ ہو سکتے ہیں۔" صفدر نے اس کی بات کو ہنسی میں اڑاتے ہوئے کہا۔

نہیں تو تم کو کیا لگتا ہے۔ کیا یہ لوگ رات کو کوئی نائٹ ڈیوٹی کر " رہے ہوں گے۔ کوئی کام کرتے ہوں گے۔" رافع ان سب مینکسی قدر معصوم تھا۔

یار رہنے دو تم تو پتہ نہیں کون سی دنیا میں بیٹھے ہو۔ تم کو تو کچھ پتہ " ہی نہیں چلتا ابھی تک بچے بنے ہوئے ہو پندرہ سال کے ہو چکے ہو۔ مگر ابھی تک تمہارا بچپنا نہیں جا رہا۔" رمیز نے چڑ کر کہا۔

"یار رمیز تمہاری تو ویڈیو آنے والی تھی وہ کہاں گئی۔"

ہاں یار بس کسی تحقیق میں مصروف تھا۔ اس لیے میں ویڈیو اپلوڈ نہیں " کر سکا۔کل رات کرنے تھی مگر ہمارے گھر میں مہمان آگئے جس کی وجہ سے مجھے بالکل بھی وقت نہیں مل سکا۔ آج شام میں اپلوڈ کروں گا چھ بجے "۔

ابھی وہ لوگ باتوں میں مصروف تھے کہ مائک پر اعلان ہونا شروع ہوا۔ کچھ بچوں کو ایڈمن آفس میں بلایا گیا۔ جن میں فائزہ کا نام بھی شامل تھا۔فائزہ حیرت سے کھڑی ہوئی کہ مجھے کیوں بلایا گیا۔ باقی اسٹوڈنٹس کو کلاس میں واپس جانے کو کہا گیا۔ تمام کلاس کے مانیٹرز اپنی کلاس کے سٹوڈنٹ کو قطار بنا کر کلاس میں لے جانے لگے۔ پر یفیکٹس اور ہیڈ بوائے اعیان اور ہیڈ گرل مومنہ ایڈمن آفس کے باہر کھڑے تھے۔ جن بچوں کو نام سے پکارا گیا تھا۔ وہ ایڈمن آفس کے باہر جمع ہو گئے۔ اتنے میں مس تبسم، سر ایاز، سر ولی اور سر سہیل آئے۔ وہ سب اندر ایک کمرے میں گئے اور تمام بچوں کو بلایا پریفیکٹس وغیرہ باہر ہی کھڑے تھے۔سب کے چہرے پہ عجیب قسم کی سنجیدگی تھی۔

ہمیں کیوں بلایا گیا ہے؟" فائزہ نے اپنی کلاس پہ پریفکٹ فاطمہ سے " پوچھا۔

.تھوڑا صبر کرو ابھی معلوم ہو جائے گا۔" اعیان نے جواب دیا "

جب بچے اندر کمرے میں گئے۔ تو وہاں ان کے سکول بیگز موجود تھے جو کہ کھلے ہوئے تھے۔ ان بچوں کے بیگ میں سے ڈرگز ملی تھیں۔

یہ سب کیا ہے؟" مس تبسم نے سب کے سامنے وہ چیزیں رکھتے ہوئے " ان سے پوچھا۔

وجہ معلوم ہوتے ہی ان کا رنگ اڑ چکا تھا۔
آپ کے پیرنٹس کو فون کر دیا گیا ہے وہ آتے ہی ہوں گے۔ باقی ''
معاملات ان کے سامنے ہی طے کیے جائیں گے۔'' میڈم نے کہا تو بچے بہت زیادہ گھبرا گئے جب کہ کچھ اطمینان سے کھڑے تھے۔ جس سے محسوس ہوا کہ ان کو اپنے گھر والوں کا خوف نہیں ہے۔ جن میں فائزہ بھی شامل تھی.
یہ سادہ ویپ ہے اس میں کوئی نشہ شامل نہیں ہے۔'' فائزہ نے اطمینان ''
سے جواب دیا۔
میں نے آپ سے یہ سوال نہیں کیا کہ یہ سادہ ہے یا نشہ اور اس میں ''
چرس ملی ہے کہ الکوحل۔'' میڈم اس کو ڈپٹا.
باری باری جس بچے کے والدین آتے گئے۔ ان کو بلا کر ان کے والدین کے سامنے بات کی گئی۔ باقی بچے وہیں کھڑے تھے۔ ان کے سامنے سر ولی موجود تھے۔سر آپ لوگ بیکار میں انتظار کر رہے ہیں۔میرے گھر سے کوئی نہیں آئے گا۔ فائزہ نے کہا مگر چند لمحے بعد ہی اس کی بات غلط ثابت ہوئی۔ جب اس کو بتایا گیا کہ اس کے والد آچکے ہیں۔ وہ بہت حیرت زدہ تھی۔ اس کے والد کو اس کا خیال کیسے آیا. اس کے والد نے ٹیچرز کے سامنے تو اس سے کوئی بات نہیں کی مگر جب وہ اس کو واپس لے جا رہے تھے تو اس کو سارے راستے ڈانٹتے رہے کہ
تمہاری ماں تمہارے سرپرستی کرتی رہی ہے اور وہ مجھے یہی کہتی ''
رہی کہ سب ٹھیک ہے۔فائزہ بہت اچھی ہے بہت محنت سے پڑھتی ہے۔ مگر ہماری نرمی کا تم نے غلط فائدہ اٹھایا۔ اس طرح کی چیزیں استعمال کرنے لگی۔ ہمارے پورے خاندان میں کوئی سگریٹ نہیں پیتا تم نے نشہ شروع کردیا۔ معاشرے میں میرا ایک مقام ہے، ایک نام ہے تم نے سب ڈبو دیا۔ کل کو تم تھانے میں ملو گی۔'' ان کو اس بات سے سروکار نہیں تھا کہ اس نے چیزیں کہاں سے خریدی ہیں اور کیسے اس کو استعمال کرنے لگی اور کیوں کرنے لگی۔ بس ان کو اپنی عزت کی فکر تھی کہ کس طرح معاشرے میں ان کا نام خراب ہوگا۔جب لوگوں کو پتہ چلے گا کہ ان کی بیٹی اس طرح کے کام کرتی ہے کیونکہ اسکول کی خبریں فورا سے ہی گردش کرنے لگتی ہیں۔ کئی ان کے جاننے والوں کے بچے اسی سکول میں پڑھتے ہیں۔ جن کے ذریعے ایک دوسرے کی خبر بآسانی پھیل جاتی ہیں۔ فائزہ کو یہ ساری باتیں سن کر شدید تکلیف ہو رہی تھی۔ وہ سوچ رہی تھی کہ کاش کہ بابا کبھی یہ کہیں کہ تم کو ایسی ضرورت کیوں پڑی۔ ہم تم کو پیار دیں گے یا وہ پیار سے مجھ سے پوچھیں یا مجھے ڈانٹیں اور مجھ سے بات کریں کہ مجھے کس چیز کی کمی

ہے مگر ان کی میں ختم ہو کر نہیں دے رہی تھی۔ ان کے اس رویے سے فائزہ کو فیصلہ کرنے میں آسانی ہو گئی۔ اس نے ایک دم سوچ لیا کہ صارم نے اس کو جو آفر کی ہے تو وہ ضرور آزمائے گی اور اب صارم سے رابطہ ضرور رابطہ کرے گی۔ کچھ دنوں سے تو وہ اس کشمکش میں تھی کہ وہ رابطہ کرے یا نہ کرے مگر اب ایک دم فیصلہ ہو چکا تھا۔

*

آج دن سے ہی کنفیشن پیج پر رش تھا۔ سب ہی تقریبا آن لائن تھے۔ کچھ بچوں کو تو اسکول میں ہی معلوم ہو گیا تھا۔ باقی کو گھر پہنچتے ہی پتہ چلا کہ سینیئر ون کے محسن شاہ کا انتقال ہو چکا ہے اور انتقال کی وجہ منشیات کا زیادہ استعمال تھا. اتوار کی رات کو اس نے دوستوں کے ساتھ منشات بھاری مقدار میں استعمال کر لی۔ جس کی وجہ سے اس کی حالت خراب ہوئی اور پیر کی صبح اس کا انتقال ہو گیا۔ اب بچوں کو بیگز کی تلاشی کی وجہ معلوم ہو چکی تھی. محسن شاہ کے کلاس فیلوز شدید غم زدہ اور حیرت زدہ تھے۔

اس کے گھر والے میت لے کر آبائی گاؤں چلے گئے تھے۔ بچے گھر پہنچے تو وہ لوگ جا چکے تھے۔ شام میں اس کی کلاس کے بچے اس کے گھر گئے مگر باقی سکول کے بچے بھی غمزدہ تھے۔ خاص کر وہ بچے جو منشات کا کسی نہ کسی طرح کم یا زیادہ استعمال کرتے تھے۔ ان کو بالکل اندازہ نہیں تھا کہ منشیات غم سے آزاد کرتی ہے تو وجہ موت بھی بن سکتی ہے. منشات کا استعمال ہر کسی نے الگ طریقے سے شروع کیا۔ کہیں تو دوستوں کی وجہ سے عادت لگی، کسی نے خود ہی اپنے گھر اور حالات سے فرار کے لئے شروع کر دی۔ کسی نے شغل کے طور پر پینا شروع کیا۔ مگر اب وہ اس کے عادی ہوتے جا رہے تھے۔ چھوٹی ہی کلاس سے سگریٹ اور ویپ کا استعمال کرنے والے بچے چرس، آئس اور ہیروئن کے نشے میں بری طرح پھنس چکے تھے۔جو بچے ابھی تک اس لت میں مبتلا نہیں تھے۔ ان کے لیے یہ بات بڑی حیران کن تھی کہ اسکول کے بچے بھی اس طرح کی چیزیں استعمال کر سکتے ہیں۔ ان کا خیال تھا کہ یہ بد عادت غریبوں کہ محلے میں ہوتی ہے وہ کسی بات کو نہیں سمجھتے اور ان کے پاس آسائشیں نہیں ہیں تو وہ نشے کا استعمال کرتے ہیں۔ اس لئے اکثر روڈ پر نشے کرنے والوں کو بدحالی میں ہی دیکھا گیا ہے۔ چند ایک تو ایسے معصوم تھے جن کو یہ معلوم ہی نہیں تھا کہ اس طرح کے باقاعدہ سینٹر بڑی بڑی دکانوں میں بنے ہوئے ہیں۔ جہاں پر آئس، ویپ اور دوسری نشہ آور چیزیں کھلے عام فروخت ہوتی ہیں۔ جہاں پر بچے بچیاں اپنے والدین کے ساتھ جاتے ہیں.
دوپہر سے شام اور شام سے رات ہوتی گئی اور کنفیشن پیج پر یہی گفتگو چلتی رہی۔ کچھ لوگ محسن شاہ کو بھی یاد کرتے رہے۔ جس کا تعلیمی کیریئر بہت اچھا رہا تھامگر اس میں کچھ لوگ فائزہ جیسے بھی تھے۔ جن کے نزدیک ان کا اپنا غم سب سے بڑا تھا۔ وہ خود کو مظلوم ترین انسان سمجھتے تھے اور اپنے ساتھ رہنے والے باقی تمام افراد کو ظالم گردانتے

تھے. اس لیے فائزہ نے بھی ان سب چیز کو دیکھ کر کوئی خاص رد عمل ظاہر نہیں کیا۔ جبکہ محسن اس سے ایک سال ہی جونئر تھا۔اکثر ان لوگوں کا آمنا سامنا ہوتا تھا. مگر فائزہ کے دماغ میں تو اپنے ماں باپ کی کہی گئیں باتیں ہی گھوم رہیں تھیں۔ جس کی وجہ سے اس کو کسی اور چیز کا احساس نہیں ہو رہا تھا. شام تک جب اس کے گھر کے معاملات کافی حد تک ٹھنڈے ہوئے تو اس نے کمرے میں آکر موبائل نکالا۔ اس کے کمرے کی تلاشی لے کر اس کے بابا نے ویپ کمرے سے نکلوا لیا تھا.

اس نے صارم کو کال ملائی.

"تم مجھے بتاؤ تمھارے گھر گیدرنگ کب ہے؟" فائزہ نے کہا۔

"کیا ہوا؟ سب خیریت ہے؟" صارم نے اس کی بات سن کر جواب میں کہا۔

"ہاں میں اپنی زندگی جینا چاہتی ہوں۔" فائزہ نے کہا۔

"سوچ لو جس طرح تم بتا رہی ہو کہ تمہارے بابا نے اچانک تمہارے کمرے کی تلاشی لی اگر بعد میں ان کو کسی بات پہ اعتراض ہوا تو پھر تمہارے لیے مزید مشکل ہو جائے گی۔" صارم نے اس کو خبردار کرنے کی کوشش کی۔

"یار! یہ میری زندگی ہے میں اپنی مرضی سے اپنے دوستوں کے گھر بھی نہیں جاسکتی۔" فائزہ نے صارم سے ہی سوال کیا۔ "ہاں یہ بات بھی درست ہے۔ٹھیک ہے پریشان نہ ہو میں ہوں نہ تمہارا دوست۔" صارم نے اپنا جال پھیلاتے ہوئے کہا۔ فائزہ کو ساری صورتحال میں یہ سب سے زیادہ ہمدرد لگا اور اس نے بغیر سوچے سمجھے اس پر ہاں کہہ دی۔

ٹھیک ہے تو کل تم چار بجے آجانا۔ میں چھ بجے کوچنگ جاتا ہوں بیٹھ کر باتیں کریں گے کوئی نائٹ پارٹی نہیں ہوتی کہ تمہارے گھر والوں کو اعتراض ہوگا۔" صارم نے بات کو بہت سادہ بنا کر پیش کیا۔

عقل سے عاری فائزہ گہرائی میں جائے بغیر اس کی پیشکش کو قبول کرتے ہوئے خوش ہو گئی۔ اس کو نہیں معلوم تھا کہ وہ اس دلدل میں پھنسنے والی ہے۔ اس نے دل میں خوشی محسوس کی۔ کل وہاں جانے کا پکا ارادہ کر کے اس نے فون بند کر دیا.

*

محسن کے واقعہ کو گزرے ابھی کچھ ہی دن گزرے تھے ایک روز بریک میں تمام بچے اپنے کھیلوں اور کھانے پینے میں مصروف تھے۔ پریفیکٹس اور ٹیچر اپنی ڈیوٹی سر انجام دے رہے تھے۔ ان کی بریک دس منٹ پہلے ہی ہو جایا کرتی تھی۔ اس کے بعد وہ دوران بریک اپنا کام خوش اسلوبی سے انجام دیتے تھے.

آٹھویں کلاس کے پریفکٹ نے آکر ہیڈ بوائے اعیان کے کان میں آکر کچھ بتایا۔

اعیان کے چہرے کا رنگ متغیر ہوا۔

تم مومنہ کو دیکھو کہاں ہے۔ میں ٹیچر کو دیکھتا ہوں۔" اعیان نے اس " سے کہا۔

مگر میں کیسے بتاؤں مومنہ باجی کو۔" شازل نے گھبرا کر کہا۔ "

اچھا دیکھو مومنہ ہے کدھر میں بولتا ہوں۔" اعیان نے اس کے کندھے " پر ہاتھ رکھا۔ جلد ہی اس کو مومنہ نظر آگئی ساتھ ہی مس نازنین بھی تھیں آج بریک میں ان کی ڈیوٹی تھی۔ مس بلڈنگ کی پچھلی سیڑھیوں کے پاس آپ "مومنہ اور گرلز پریفیکٹس کے ساتھ جائیں وہاں پہ کچھ لڑکیاں بیٹھی ہیں۔

وہاں لڑکیاں بیٹھی ہیں۔تو اس میں غلط کیا ہے۔" مومنہ نے اعیان سے " پوچھا۔ " وہ کچھ۔ آپ جا کر دیکھ لیں۔" اعیان کہتے کہتے رک گیا۔

مس نازنین، مومنہ اور گرلز پریفیکٹس کو اشارہ کرتے ہوئے تیزی سے آگے بڑھیں۔

شازل نے بتایا تھا کہ سینیئر سیکشن کی عمارت کے پچھلے حصے میں سیڑھیوں کے نیچے کچھ لڑکیاں بیٹھی ہیں۔

وہ لوگ وہاں پہنچیں تو سیڑھیوں کے پیچھے چھپ کر دو لڑکیاں بیٹھی ہوئی نظر آئیں۔ جو بظاہر دیکھنے میں نظر نہیں آرہیں تھیں۔ وہاں پر کچھ ٹوٹی ہوئی کرسیاں پڑی تھیں۔ جن کے پیچھے وہ چھپی ہوئی تھی۔ اللہ معلوم شازل کو کیسے نظر آئیں۔ مس نازنین آگے بڑھیں تو دنگ رہ گئیں۔ وہ دونوں لڑکیاں سینئر ون کی ربیکا اور ملائکہ تھیں۔ جو انتہائی نازیبا حلیہ اور نازیبا حالت میں تھیں۔

"باہر آئیں آپ دونوں، یہ کیا ہو رہا ہے؟ "

مس نازنین نے گرجدار اواز میں کہا۔ وہ مس نازنین اور لڑکیوں کو دیکھ کر گھبرا گئیں۔ انھوں نے اپنے کپڑے درست کیئے۔

یہ کیا حرکت ہے؟" انھوں نے غصے سے پوچھا۔ باقی لڑکیاں شرم کے " مارے نظریں چرا رہی تھیں۔

”ہم دونوں ایک دوسرے سے بہت محبت کرتے ہیں بہت زیادہ۔“ ربیکا نے انتہائی بے باکی اور بےہودگی سے کہا۔
”دماغ درست ہے آپ لوگوں کا یہ انتہائی غیر فطری عمل اور سراسر گناہ ہے۔“
مس نازنین کا تو دل چاہ رہا تھا کہ وہ تھپڑوں کی بارش کر دیں۔ اگر اسکول کی پالیسی کے خلاف نہ ہوتا تو وہ اب تک ان لڑکیوں کو پیٹ چکی ہوتیں۔ انہوں نے لڑکیوں کو جس حالت میں دیکھا تھا۔ اچھی عمر والی شادی شدہ مس نازنین کے بھی رونگٹے کھڑے ہو گئے تھے۔
ان دونوں کو ایڈمن آفس کی جانب لے جایا گیا۔ بریک ختم ہونے کی بیل ہو چکی تھی۔ تمام بچے قطار کی صورت میں اپنی کلاسوں کی جانب بڑھ رہے تھے۔ اعیان نے ان دونوں لڑکیوں کو دیکھا تو اس کو یاد آیا۔ کچھ عرصے پہلے غفران نے بتایا تھا کہ اس کی کلاس کی دو لڑکیاں بڑی عجیب سی حرکتیں کرتی ہیں۔ ہر وقت ایک ساتھ بیٹھتی ہیں اور ان کی کسی اور سے دوستی نہیں ہے۔
مس نازنین نے اعیان اور شازل کو بھی ایڈمن آفس بلایا۔
”آپ وہاں کیوں گئے تھے شازل؟“ مس نازنین نے پوچھا۔
”مس بریک سے پہلے سر عثمان کا پیریڈ ہماری کلاس میں تھا۔ انہوں نے مجھ سے کہا کہ جب آپ بریک میں ڈیوٹی دے رہے ہوں۔ تو عمارت کے چاروں اطراف میں ذرا ایک نظر ڈال لیجئے گا کہ صفائی صحیح ہوئی ہے کہ نہیں۔ آج کل سوئیپر صحیح سے کام نہیں کرتے یا کچرا وہ سیڑھی کے نیچے جمع کر کے چھوڑ جاتے ہیں۔“
”مگر یہ ڈیوٹی سر عثمان کی نہیںہے۔“ مس نے کہا
”جی مس بالکل ان کی ڈیوٹی ہے۔ مگر آج ہماری کلاس میں ٹیبل سے ان کے پیر میں چوٹ لگ گئی تھی۔ جس سے ان کا پیر زخمی ہو گیاتو انہوں نے مجھ سے کہا جب آپ ڈیوٹی دے رہے ہوں گے تو ایک نظر ڈال لیجئے گا۔“ شازل نے انتہائی ادب سے جواب دیا۔
”پھر۔“ مس نازنین بھی سوال کرنے سے ہچکچائیں۔
”میں نے سیڑھیوں کے نیچے دو لڑکیوں کو دیکھا تو میں نے اعیان بھائی کو بتایا۔“ اس نے نپے تلے انداز میں جواب دیا۔
”جی مس میں نے اس سے کہا کہ مومنہ کو بتائیں یا پھر مس نازنین کو تو مجھے آپ دونوں نظر آئیں تو ہم نے آپ کو خبر دی۔“ اعیان نے اس کی بات کو اگے بڑھایا۔

”ٹھیک ہے آپ دونوں کلاس میں جائیے مگر یہ یاد رکھیے گا کہ یہاں کی باتیں آپ کے پاس امانت ہے۔ جو آپ کسی کے سامنے نہیں کریں گے۔“
مس نازنین نے ان دونوں کو تنبیہ کی اور تمام پریفیکٹس کو کلاس میں بھیج دیا۔

*

آج فائزہ کی اپنی ماما سے بات ہوئی۔ جو اس پر بہت غصہ ہو رہیں تھیں ۔ انہوں نے ایک دفعہ بھی یہ پوچھنے کی کوشش نہیں کی کہ وہ اس طرح کی چیزیں کیوں استعمال کر رہی ہے۔
انہوں نے کہا۔ " عدالت کے ذریعے تمہارے باپ نے تو تمہیں مجھ سے چھین لیا اور اپنے گلے میں جیت کا تمغہ لٹکا کے وہ گھر میں بیٹھ گیا۔ وہ تمہاری دیکھ بھال کیوں نہیں کرتا۔ اور تم نے بھی میرے بجائے اپنے باپ کے ساتھ رہنے کو ترجیح دی تھی۔ تو اب خاندان بھر میں یہ بات کیوں کی جا رہی ہے کہ بچی برے کام میں اس لیے ملوث ہے کہ اس کی ماں چھوڑ کر چلی گئی۔تمہارا باپ تو موجود ہے۔ وہ تم کو کیوں نہیں دیکھتا۔ کتنے بچے ایسے ہوتے ہیں جن کی ماں دنیا سے چلی جاتی ہے۔ تو کیا وہ الٹے سیدھے کاموں میں لگ جاتے ہیں۔" اس کی ماں غصے میں نہ جانے کیا کیا کہتی رہیں مگر فائزہ کچھ بھی سننا نہیں چاہتی تھی۔
اس کے والدین آپس میں فرسٹ کزن تھے۔ آٹھ سال مینان کی ایک دن بھی نہیںبنی۔ پھر سات سالہ فائزہ کو چھوڑ کر اس کی ماں چلی گئی اور کچھ ہی مہینوں میں وہ دوسری شادی کر کے امریکہ چلی گئیں۔ کچھ عرصے تو اس کے بابا اور دادی نے اس کی دیکھ بھال کی اور تین سال بعد اس کے باپ نے بھی دوسری شادی کر لی۔ بظاہر تو ان کی نئی بیوی میں کوئی برائی نہیں تھی۔ وہ بہت اچھی بیوی ثابت ہوئی تھیں۔ مگر اول روز سے ہی انہوں نے فائزہ کو دل سے قبول نہیں کیا۔ وہ ان کی نظر میں فیاض کے بجائے شائستہ کی ہی بیٹی تھی۔ ایسی ماں کی بیٹی جو اس بچی کو چھوڑ کر جا چکی تھی۔
چار بجے وہ صارم کے بتائے ہوئے پتے پر پہنچ گئی۔ وہ بے وقوفی کی حد تک نڈر تھی۔ صارم کے گھر پہ اور بھی کئی لڑکے اور لڑکیاں موجود تھے تیز میوزک چل رہا تھا اور خوب ہلا گلا ہو رہا تھا۔ فائزہ کو ان سب سے مل کر بہت اچھا لگا۔ اج ہانی اپنے ساتھ اسنیکس لائی تھی۔ فائزہ کو پتہ چلا کہ وہ لوگ باری باری کچھ کھانے کو لاتے ہیں اور مل جل کر کھاتے ہیں۔ اسنیکس کے بعد مشروبات اور سگریٹ کا دور چلا جس میں نشہ ملا ہوا تھا۔ نشے کی حالت میں مست وہ سب تیز میوزک پر ناچ رہے تھے۔ کمرے میں موجود خفیہ کیمرے اور اس میں ہونے والی ریکارڈنگ سے وہ بالکل بے خبر تھے۔ ان کو نہیں معلوم تھا کہ ان کی یہ ویڈیو کہاں کہاں اور کتنے مہنگے داموں

بکنے والی ہے۔ وہ سب بھی فائزہ کی طرح گھر سے اکتائے ہوئے اور صارم کے شکار تھے۔

*

رمیز نے بلآخر کار کئی ہفتے بعد اپنی ویڈیو اپلوڈ کر ہی دی ۔ درمیان درمیان میں اس نے کچھ شارٹس اور دوسرے ولاگز بھی ڈالے مگر جس ویڈیو کا اس نے کافی عرصے سے چرچا کیا ہوا تھا۔ وہ ویڈیو منظر عام پر آچکی تھی۔

اس نے اپنے سوسائٹی میں موجود مختلف ویپ سینٹر اور آئس سینٹر کے بارے میں ولاگ بنایا تھا۔جہاں اٹھارہ سال سے کم عمر بچے بچیاں باقاعدگی سے جاتے تھے۔ جن کا تعلق کچھ تو اس کے سکولز اور تھا اور باقی دیگر اسکول کے۔ کچھ دوستوں اور کزنز کے ساتھ آتے اور کہیں تو والدین بھی اپنے بچوں کو آئس کے لیے لے کر آتے تھے۔ اس کی یہ ویڈیو بہت ہی معلوماتی تھی۔ اس نے ڈاکٹر سے بھی۔اس سلسلے میں گفتگو کی تھی ان کی رائے جانی تھی کہ اس سے کیا کیا نقصان ہو سکتا ہے۔ ڈاکٹر فیصل نے بتایا نکوٹین کا زیادہ استعمال بھی خطرے کا باعث ہو سکتا ہے۔ الکوحل یا کسی بھی قسم کے نشہ اور چیز کے ملنے کے بعد تو اس سے نقصان کا اندیشہ مزید بڑھ جاتا ہے۔مستقل سر درد، جسمانی کمزوری، پھیپھڑے کی خرابی، خون کی شریانوں کی بندش، چکر اور الٹی عام امراض ہیں۔ جو بڑھ کر دل کی بیماری، کینسر اور تپ دق وغیرہ میں تبدیل ہو سکتے ہیں۔ ویپ کی بڑھتی ہوئی مقبولیت خصوصا چھوٹے بچوں میں اس کی مقبولیت معاشرے کے لیے ایک خطرے کا پہلو ہے۔ اگر والدین اور حکومت اس کے اوپر غور نہیں کرے گی تو چند سالوں میں ہر گھر میں ان امراض کے مریض موجود ہوں گے۔

اور وہاں کے دکانداروں کا کہنا تھا کہ ہم تو بیچنے کے لیے بیٹھے ہیں اب یہ تو لوگوں پر ہے کہ وہ خریدتے ہیں۔ یہ عام سگریٹ سے کم خطرناک ہے۔یہ ان لوگوں کے لیے بہترین ہے۔ جو مستقل سگریٹ استعمال کرتے ہیں اور سگریٹ چھوڑنا چاہتے ہیں۔ تو یہ اس کا استعمال کر کے رفتہ رفتہ اپنی عادت ختم کر سکتے ہیں۔ ایک دکاندار کا کہنا تھا کہ اگر عام سگریٹ پانچ سال میں پھیپڑے خراب کرتی ہے تو یہ سات سال میں پھیپڑے خراب کرے گا۔ یہ عام سگریٹ کی نسبت کم خطرناک ہے مگر کیونکہ اس میں الکوحل یا دوسری نشہ اور چیزیں بھی ملائی جاتی ہیں۔ جس کی وجہ سے یہ بھی مضر صحت ہے۔ بہت کم ہی لوگ ہوتے ہیں۔ جو سادہ جوس والے ویپ استعمال کرتے ہیں۔ یہ آہستہ آہستہ ایک فیشن بنتا جا رہا ہے۔ جو امیر غریب سب میں مقبول ہو رہا ہے اور اس کی مقبولیت کی ہی وجہ سے اب شہر کے ہر علاقے میں اس کی باقاعدہ دکانیں بن چکی ہیں۔ رمیز کی یہ ویڈیو بہت تیزی سے

پھیلی اور جلد ہی اس کو ہزاروں لوگوں نے دیکھ لیا۔ ایڈونچر کے شوقین بچے جو صرف تفریح کے لیے نشہ آور چیزیں استعمال کرنے لگے تھے۔ ان کے آنکھ کھولنے کے لیے کافی تھا اور والدین اور اساتذہ کو بھی ایک نئی سوچ دے گئی کہ وہ اپنے فرائض سے کس حد تک غافل ہیں۔

*

فائزہ ہفتے میں دو سے تین دفعہ صارم کے گھر جاتی۔ جہاں کھانے پینے اور باتوں کے علاوہ نشہ آور سگریٹ اور حرام مشروب بھی استعمال کرنے لگی تھی۔ اُسے بالکل بھی معلوم نہیں تھا کہ یوں مفت میں صارم اتنا مہربان کیوں ہے۔ صارم وہ گھنٹہ بھر کی ویڈیو کتنے ڈالرز کے عوض بیچ رہا ہے۔
فائزہ کا آج شام بھی جانے کا ارادہ تھا مگر اچانک ہی اس کی دادی آگئیں۔ وہ بہت عرصے بعد اس کے گھر آئیں تھیں۔ وہ اس کے چاچو کے پاس امریکہ میں ہی رہتی تھی۔ فائزہ کو اپنی دادی سے بہت محبت تھی اور وہ بھی اس سے بہت پیار کرتی تھیں۔
اس نے فون کر کے صارم کو آج کے لیے منع کر دیا۔ وہ بہت خوش تھی۔ اس کو دادی کا سرپرائز اچھا لگا۔ اس کو نہیں معلوم تھا کہ دادی آنے والی ہیں۔ وہ ان کو دیکھ کر بہت خوش ہو رہی تھی۔ دوپہر کے کھانے کے بعد مسز فیاض اپنے کام کے سلسلے میں جا چکی تھیں۔ فائزہ اور دادی کمرے میں آگئے۔
کیسی ہو؟ میری بچی۔ کیسی کمزور لگ رہی ہو اور تمہارا رنگ کم ہو " رہا ہے۔ تم نے کب سے اپنے اوپر توجہ نہیں دی۔ چلو آج میں تم کو پارلر لے کر چلتی ہوں۔ مجھے بھی اپنے بال سیٹ کروانے ہیں۔ تم بھی کلینزنگ، ویکسنگ وغیرہ کروا لو۔" دادی نے اس کو غور سے دیکھتے ہوئے کہا۔
"۔نہیں دادو میں بالکل ٹھیک ہوں۔
تم اتنی گرمی میں ایسے کپڑے پہنے کیوں گھوم رہی ہو۔ میں تمہارے " لیے جینز اور ٹاپ لائی ہوں۔ تم پہنو دیکھو اس میں تم اپنی عمر کے جیسی "لگوگی ابھی تو تم اپنی عمر سے پانچ سال بڑی لگ رہی ہو۔
اس کی دادی مستقل اس کی طرف نظر کیے ہوئے۔ محبت سے اس کو دیکھ رہیں تھین۔ وہ تو فائزہ نے اپنے جسم پر موجود زخم کے نشانات کو چھپانے کے لیے مستقل ڈھیلی سی کرتی اور ٹراؤزر پہننا شروع کر دیا تھا۔ کون سا گھر والوں کو اس کی فکر تھی کہ کوئی اس طرح کا سوال کرتا یہ تو اتنے عرصے بعد دادی آگئی تو انہوں نے اس کی جانب توجہ کی۔
دادی یہ اچھا لگتا ہے۔ کھلا کھلا ڈھیلا ڈھالا سا کرتا ہے۔اس میں مجھے " گرمی نہیں لگتی۔ ویسے بھی مجھے کہاں جانا ہوتا ہے۔ گھر میں بھی اے سی ہے۔گاڑی میں بھی اے سی ہے۔" فائزہ نے اپنی دادو کو بہلانے کی کوشش کی
اچھا چلو ابھی ایک تو پہن کر مجھے دکھاؤ۔ میں نے تم کو اتنے دن بعد " دیکھا ہے۔ پتہ نہیں سائز صحیح ہے کہ نہیں۔ ویڈیو کال پہ بات کرتے ہوئے

سائز کا اندازہ نہیں ہوتا اور میں تو شروع سے ہی اس معاملے میں بالکل ڈفر ہوں۔ ہمیشہ تمہارے بابا کے جو کپڑے لے کر آتی وہ تمہارے چھوٹے چاچو کو آتے اور تمہارے دادا کے لیے لاتی تو وہ تمہارے بابا کو آتے کبھی مجھے سائز کا اندازہ نہیں ہوتا تھا۔ آخر کار ان لوگوں نے ہاتھ جوڑے کے آپ ہمارے کپڑے خریدنا بند کر دیں۔" دادی نے ہنستے ہوئے بتایا تو فائزہ کو بھی خوب ہنسی آئی۔

"اچھا دادو میں شام میں شاور لے کر بدل لوں گی ابھی تو آپ مجھ سے باتیں کریں۔" پھر فائزہ دادو کو اسکول کی باتیں بتانے لگی۔

اس کی دادی امریکہ میں خصوصی بچوں کے سکول میں نوکری کرتی تھیں۔

جہاں ان کا آدھا دن گزرتا۔ اس کے بعد وہ گھر آکر گھر کے کام کرتیں۔ انہوں نے وہاں چھوٹا سے گارڈن میں کچھ سبزیاں اگائی ہوئی تھیں۔ ان کو گارڈننگ کا بہت شوق تھا۔ فائزہ اور دادی کی بات بہت کم ہی ہو پاتی تھی۔ وقت کا اتنا زیادہ فرق تھا کہ جب یہاں صبح ہوتی۔تو وہاں رات ہو جاتی۔ دن بھر دونوں اپنے اپنے کاموں میں مصروف ہوتی۔ با مشکل ہفتے یا اتوار کو ہی ان دونوں کی بات ہوتی جو کہ خیر خیریت سے آگے نہیں بڑھ پاتی۔

فائزہ مستقل بولے چلی جا رہی تھی۔ اس کی دادی ایک جہاں دیدہ خاتون تھیں۔ انہوں نے بھانپ لیا کہ فائزہ کے ساتھ کچھ تو غلط ہو رہا ہے۔ ان کو اس میں جسمانی تبدیلیوں کے علاوہ اس کے رویے اور گفتگو کے انداز میں بھی فرق محسوس ہو رہا تھا۔ خاندان بھر میں ہونے والی گفتگو اور شائستہ کی باتیں بھی ان تک پہنچی تھیں۔ اسی لیے مسٹر فیاض نے ان کو بلایا کہ آپ چھٹی لے کر کچھ دن کے لیے فائزہ کے پاس آجائیں۔ چند مہینے بعد فائزہ کے سالانہ امتحان ہونے تھے۔ اس لیے وہ اس کو امریکہ نہیں بھیج سکتے تھے۔

ہر بار کی طرح اس دفعہ فائزہ کے پاس شکایتوں کے انبار تو ضرور تھے۔ جس میں اس کو اپنے ماں باپ اور سوتیلی ماں سے بے انتہا شکایتیں موجود تھیں۔ مگر ساتھ ہی اس کے لہجے میں عجیب سا اطمینان بھی موجود تھا۔ جیسے کہ وہ ان لوگوں سے بدلہ لینے یا ان کو زیر کرنے کا گر سیکھ چکی ہو۔ اور اپنے رویوں سے لوگوں کو پریشان کر کے مزے لے رہی ہو۔ اس کے روز مرہ کے معمولات پر نظر رکھنا بھی ضروری ہوگا۔ اس کی دوستوں کے بارے میں بھی معلوم کروانا ہوگا۔ کہ یہ کن لوگوں میں اٹھتی بیٹھتی ہے۔ اسکول تو بہت اچھا اور نامور ہے۔اس کے علاوہ اس کی اور کون

کون دوست ہیں۔ جن کے ساتھ یہ بیٹھ رہی ہے۔ تبسم اس کی سوتیلی ماں سے
بھی اس کے بارے میں باز پرس کرنی ہوگی کہ وہ اس کی جانب سے آنکھ بند
کر کے کیوں بیٹھی ہے۔ اس کی دادی نے سوچا۔

*

اعیان اور غفران کے میوزیکل بینڈ "لوکل پرسن" کی پہلی البم ریلیز ہو گئی تھی۔ اس البم کے چار پانچ گانے کی ویڈیو پہلے ہی آ چکی تھی۔ کچھ گانے تو نوجوانوں کی زبان پہ ایسے چڑھے تھے کہ ہر وقت گنگناتے ہوئے نظر آتے۔

اس خاندان میں پیسے کی کمی تو نہیں تھی۔ سو البم کی خوب مارکیٹنگ بھی کرائی گئی اور اس کو بہترین انداز میں پیش کیا گیا۔ خاص کر ان کا ایک گانا جو او ایس ٹی کے طور پر بے حد مقبول ہوا اور اس کو 8.2 کی ریٹنگ مل گئی تھی۔ ان کی خوشی کا کوئی ٹھکانہ نہیں تھا۔ اس گروپ کے چاروں ممبر جو کہ سب آپس میں کزن تھے۔ مل کر اس خوشی کو منانا چاہتے تھے۔ انہوں نے اپنے گھر پر ایک پارٹی رکھی۔ ان کے گھر قریب ہی تھے۔ پارٹی کا انتظام فہد کے گھر پر تھا۔یہاں ٹی وی اور فلم کے کچھ پروڈیوسر بھی انوائٹڈ تھے اور بہت سارے ایکٹرز بھی۔ اعیان کے پھوپھا یعنی فہد کے والد کا تعلق بھی میڈیا سے تھا۔ پہلے تو وہ صرف مارکیٹنگ کا کام کیا کرتے تھے۔ مگر ابھی انہوں نے کچھ عرصہ پہلے ہی اپنا نیوز چینل سٹارٹ کیا تھا۔ اب ان کا ارادہ ایک انٹرٹینمنٹ چینل کھولنے کا بھی تھا۔جس میں بڑوں اور بچوں کے ڈراموں کے علاوہ کچھ معلوماتی پروگرام بھی لائن اپ تھے۔

پارٹی کے لیے ان چاروں کزنز نے ایک جیسے سوٹ سلوائے تھے اور چاروں ہی ساتھ ساتھ تھے۔ ابھی وہ دروازے پہ کھڑے لوگوں کو ویلکم کر رہے تھے۔ اعیان کو شدید کوفت کا سامنا کرنا پڑا۔ سامنے سے ابرش اور اس کے والدین آرہے تھے۔ جو کہ ٹی وی کے سینئر نامور اداکار اور اداکارہ تھے۔ بطور چائلڈ سٹار آنے والی چودہ سالہ ابرش عجیب سے حلیہ میں داخل ہوئی۔ سمیع کے کیے گئے مذاق کے بعد ابرش نے جس طرح کا رد عمل ظاہر کیا تھا۔ اعیان اس سے بری طرح چڑ چکا تھا۔ اس سے پہلے تک وہ اس کا بچپنا جان کر نظر انداز کر رہا تھا۔ ابرش نے بھی آکر تمام لوگوں کی طرح ہاتھ ملایا۔ اور اعیان کے تو گلے ہی جا لگی۔ اعیان نے نرمی سے مسکرا کر اس کو پیچھے کیا۔ جبکہ غفران اس کا کلاس فیلو تھا اس سے محض ہاتھ ملایا۔ پھر وہ ان لوگوں کے درمیان میں کھڑے ہو کر سیلفی لینے لگی۔ اعیان نے اس کو منع کرنا چاہا تو فہد بھائی نے کہا کوئی بات نہیں۔ مہمانوں کو منع نہیں کرتے۔ ان کو کافی باتوں کا علم نہیں تھا۔ سو ان کو عجیب لگا کے مہمانوں کو اس طرح سے منع کیا جائے۔

جس ڈرامے کی او ایس ٹی بے حد مقبول ہوئی تھی۔ اس ڈرامے میں ابرش نے بھی بطور چائلڈ سٹار کام کیا تھا۔ اب ایک اور ڈرامے کی او ایس

ٹی تیار کی جا رہی تھی۔ جس کے پروڈیوسر ابرش کے والد تھے۔یہ ان کا دوسرا پروجیکٹ تھا بطور پروڈیوسر اس سے پہلے انہوں نے ایک ڈرامہ پروڈیوس کیا تھا۔ جو بے حد مقبول رہا تھا۔
تقریب کے دوران مستقل ابرش اعیان کے آگے پیچھے گھومتی رہی۔
جس کو کچھ لوگوں نے بہت زیادہ محسوس کیا۔ جن میں کچھ اعیان کی کزنز بھی تھیں۔
یوں ایک خوبصورت شام رات گئے تمام ہوئی۔

*

رات کو مہمانوں کے جانے کے بعد تمام گھر والے بیٹھے خوش گپیوں میں مصروف تھے۔ گفٹ کھولے گئے اور یوں تقریبا فجر کے وقت سب اپنے بستروں میں گئے۔ اگلے روز دوپہر دو بجے کے بعد اعیان کی صبح ہوئی۔ تھکن کے مارے ابھی بھی اٹھا نہیں جا رہا تھا۔ شاور لے کر اس نے ناشتہ کمرے میں ہی منگوا لیا۔

اس نے موبائل اٹھایا تو اسکول کے کنفیشن پیج پر اس کی توجہ کھینچنے کے لیے بہت کچھ تھا۔ابرش نے اپنی اور اعیان کی تصویریں عجیب انداز سے لگائی ہوئی تھیں۔ اور بے باکی سے اپنی محبت کا اظہار کیا تھا۔ جس پہ تبصروں کی تعداد سو کے قریب تھی۔ وہاں اور لوگوں نے بھی ایک دوسرے سے محبت کا اظہار کیا تھا۔ اعیان اکتا کر بند کرنے لگا تھا کہ اس کی نظر ابرش کے ایک کمنٹ پہ پڑی جس میں اس نے کہا کہ وہ اور اعیان جلد نئے رشتے میں بندھنے والے ہیں۔ اعیان کا غصہ سے برا حال ہوگیا۔ اس نے فوراً ابرش کو کال ملائی۔

”یہ کیا بے ہودگی ہے۔ تم کو اپنے بارے میں جو کہنا ہے کہو میرے بارے میں کوئی بکواس کی تو مجھ سے برا کوئی نہیں ہوگا۔“

اعیان نے پہلی بار اس قدر ترش لہجے میں بات کی تھی۔

ابرش نے فون پہ محبت اور بے تابی کا اظہار کرنا چاہاتو اعیان نے اس کو سختی سے روکا۔ ابرش کے لئے اس کا یہ لہجہ نیا تھا۔ وہ گھبرا کر رونے لگی۔

”دیکھو ابرش میری بات سمجھنے کی کوشش کرو۔ ابھی نہ تمہاری عمر اس قابل ہے نہ میری کہ ہم اس طرح کی بات کریں ابھی مجھے بہت سا پڑھنا ہے اور اپنا بزنس آگے بڑھانا ہے۔ فہد بھائی، میں، غفران یا ارسل ہم میں سے کسی کا بھی میوزک انڈسٹری میں کوئی خاص انٹرسٹ نہیں ہے۔ابھی ہم فارغ ہیں تو ہم نے یہ کام کیا ہو سکتا ہے چند سالوں بعد ہم اس کو چھوڑ کر اپنے بزنس کی طرف آ جائیں تمہیں معلوم ہے کہ میرے والد انڈسٹریلسٹ ہیں میں بھی اسی فیلڈ کو لے کر آگے بڑھوں گا۔ میرے کچھ ٹارگٹ ہیں۔ جو مجھے پورے کرنے ہیں۔ میں اس سے پہلے ان سب چیزوں میں بالکل نہیں پڑنا چاہتا۔ چند مہینے بعد ہمارے امتحان ہیں اس پر توجہ کرو اور ان فضولیات کو اپنے دماغ میں جگہ نہ دو اور آئندہ اس موضوع پر میں تمہارے طرف سے کوئی بھی بات نہ سنوں۔ اگر میرا نام کہیں پر بھی آیا تو مجھ سے برا کوئی نہیں ہوگا۔“ نرمی سے سمجھاتے سمجھاتے اعیان نے اس کو سختی سے منع کیا۔ اور بات سنے بغیر فون بند کر دیا۔ اس کا موڈ سخت خراب ہو چکا تھا۔وہ

کمرے سے نکل کر اپنی ماما کے پاس گیا۔ وہ ان کا بے حد لاڈلا تھا۔ ماما کی گود میں لیٹ کر وہ ادھر ادھر کی باتیں کرنے لگا۔ جلد ہی اس کے اعصاب معمول پہ آگئے۔

*

سر احسان کو اسکول جوائن کیے ہوئے ابھی تین ہی مہینے ہوئے تھے ۔مگر وہ بچے اور بڑوں میں خوب مقبول تھے۔وہ لندن سے میتھمیٹکس میں ایم ایس کر کر آئے تھے۔ یہاں پر سینئر کلاسز کو میتھس پڑھا رہے تھے۔ ان کے پڑھانے کا انداز اتنا دلکش تھا کہ جو بچے مڈ ٹرم سے پہلے تک میتھس میں کمزور تھے۔ وہ بھی اب دلچسپی لینے لگے تھے۔ ان کے پڑھانے کا ہی انداز صرف دلچسپ نہیں تھا۔ یہاں تو ہر ہی استاد اپنے اپنے مضمون میں ماہر تھا۔ وہ جب اردو میں گفتگو کرتے تو ایسا لگتا کہ جیسے وہ سیدھا لکھنؤ سے آئے ہیں بہترین انداز میں اردو بولتے۔ اور جب انگلش میں بات چیت کرتے تو خالصتا برٹش لہجہ ہوتا۔ وہ حافظ قرآن بھی تھے۔ ان کا حلیہ دیکھ کر کوئی بھی نہیں کہہ سکتا تھا کہ یہ برطانیہ سے آئے ہیں۔ ان کو عربی بھی خوب آتی تھی۔ ساتھ میں فرنچ بھی۔ وہ بچوں اور بڑوں سب کی عزت کرنا جانتے تھے۔

وہ بچوں کی حوصلہ افزائی اکثر کلاس میں چاکلیٹ، پینسل، پین یا کوئی چھوٹا تحفہ دے کر کرتے تھے۔ جن بچوں کا کام صاف ستھرا اور درست ہوتا اس کا نام کلاس کے نوٹس بورڈ پر آج کا بہترین طالب علم کے طور پر لگا دیتے۔ جو بچے ہفتہ واری ٹیسٹ میں اچھے نمبر لیتے ان کا نام سٹوڈنٹ آف دی ویک کے طور پر لگایا جاتا۔ اب ہر بچے کی خواہش ہوتی کہ میرا نام بورڈ پر آویزاں ہو۔ ساتھ میں حوصلہ افزائی کے لیے اس بچے کو کوئی نہ کوئی تحفہ ملتا۔

وہ اکثر سٹاف روم میں ٹیچرز کے لیے گھر سے کچھ نہ کچھ بنا کر لے آتے جسے سب مل کر خوب مزے سے کھاتے تھے۔بقول ان کے کہ وہ لندن میں چار سال اکیلے رہے ہیں۔ تو ان کو کھانا پکانا بھی آگیا ہے۔

جوں جوں ان کی مقبولیت بڑھتی جا رہی تھی۔ ان سے حسد کرنے والوں کی تعداد میں بھی اضافہ ہو رہا تھا۔ کچھ لوگوں کو یہ لگنے لگا تھا کہ وہ برسوں سے اسکول کی خدمت کر رہے ہیں مگر بچے یا باقی اساتذہ نے ان کی خدمات کو اس طرح نہیں سراہا جس طرح اس نئے استاد کی واہ واہ کی جاتی ہے۔ لوگوں کا یہ بھی خیال تھا کہ شاید اس کی وجہ برطانوی ڈگری ہے۔ جب انسان کسی سے حسد کرنے لگتا ہے تو اس کی تمام خوبیاں پس چلی جاتی ہیں۔ اسی طرح ان سے حسد کرنے والوں کو بھی ان کا انداز گفتگو اور بچوں کے ساتھ شفقت نظر نہیں آرہی تھی۔ جبکہ اسکول کے بچوں کے لیے تو کسی استاد کی کوئی ڈگری معنی نہیں رکھتی۔ ان کو تو صحیح معنوں میں ڈگری کا مطلب بھی معلوم نہیں ہوتا۔ وہ تو استاد سے محبت، شفقت، توجہ کہ

طلبگار ہوتے ہیں۔ بچے اگر تھوڑی بڑی کلاس کے ہوں تو ان کے لیے پڑھانے کا انداز بھی اہمیت رکھتا ہے۔ جبکہ چھوٹی کلاس کے بچوں کو تو اس سے بھی کوئی خاص فرق نہیں پڑتا۔ مگر حسد کی آگ میں جلنے والے اپنی قابلیت پہ شک کر رہے تھے اور اصل وجہ نظر انداز کرتے ہوئے ان کے خلاف سازش کرنے لگے تھے۔

*

وہ سب اسکول کی جانب سے سالانہ پکنک کے لیے فارم ہاؤس آئے ہوئے تھے۔ جہاں رات کو ٹھہرنے کا انتظام بھی تھا۔ دن بھر سب لوگ ٹولیوں کی صورت میں بٹے رہے۔ کوئی کرکٹ کھیلنے میں مشغول تھا، تو کوئی بیڈمنٹن، کچھ بچے جھولا جھولنے میں مصروف تھے، تو کچھ پانی سے نکلنے کو ہی تیار نہیں تھے، کسی کی دلچسپی انڈور گیم میں تھی، تو کوئی لیموں، چیکو اور امرود کے درختوں سے پھل چرانے میں مشغول تھا۔ ایک دو لوگ تو ایسے تھے جو یہاں آتے ہی کمرے میں اے سی چلا کر ایسا سوئے کہ جیسے اس سے پہلے ان کو کبھی سونے کا موقع نہ ملا ہو۔
دوپہر کے دو بج گئے تھے۔ ٹیچرز نے بمشکل سب کو اکٹھا کیا اور کھانے کی دیگ کھولی گئی۔ کچھ بچے اپنے ساتھ بھی لنچ کے نام پر کافی کچھ اٹھا کر لائے تھے۔ ہر کوئی اپنے طور پر مزے کر رہا تھا۔ شام کو لڑکوں نے ٹیچرز کو بھی گھیر کر کرکٹ کے لیے تیار کیا اور ان کا میچ دیکھنے کے لیے خواتین ٹیچرز اور لڑکیاں بھی جمع ہو گئیں۔ خوب جوش و خروش سے کرکٹ کھیلی جا رہی تھی۔ بیچ بیچ میں کسی لڑکی کو جوش اٹھتا تو وہ بھی کبھی بیٹ پکڑ لیتی یا کبھی بولنگ کرانے لگتی۔ کھیلتے کھیلتے شام کے سائے لمبے ہونے لگے اور اندھیرا چھانے لگا کہ آخر کار آخری بال کے گم ہونے پر کھیل بند کرنا پڑا۔
لڑکوں میں اب بھی کافی جوش تھا۔ وہ بیڈ اور بال رکھ کر بیڈمنٹن کی طرف آگئے تھے۔ جہاں پر لڑکیوں کا قبضہ تھا۔
چلو بھائی ہٹو اب بہت دیر سے تم لوگ کھیل رہے ہو۔'' انہوں نے پہلے '' تو زبردستی ہٹانے کی کوشش کی مگر لڑکیوں کے ساتھ ٹیچرز بھی ملی ہوئی تھیں۔ پھر لڑکوں نے آہستہ آہستہ بیڈمنٹن کی باری لیتے لیتے مکمل طور پر کورٹ پر قبضہ کر لیا۔ لائیو باربی کیو کا انتظام تھا۔ کیٹرنگ والے آکر اپنا سامان سیٹ کرنے لگے۔ وہ سب لان میں آکر بیٹھ گئے۔ مصنوعی روشنیوں سے لان جگمگا رہا تھا۔ فارم ہاؤس کا انتظام خاصہ اچھا تھا۔ یہاں پر لان میں کیڑے مار دواؤں کا اسپرے کیا گیا تھا۔ جس کی وجہ سے گھاس پہ بیٹھنے میں بھی کوئی دقت نہیں تھی اور مچھر بھی موجود نہیں تھے۔ ان کے ساتھ سات مرد اور پانچ خواتین ٹیچرز تھیں۔ جب کہ اسٹوڈنٹ کی تعداد لگ بھگ پچاس کے قریب تھی۔

باقی بچے سکول کے ساتھ مختلف میوزیم کی سیر کو گئے تھے۔ مگر بڑی جماعت کے بچوں نے کہا کہ ہمیں کسی ایسی جگہ لے جایا جائے۔ جہاں پر رات ٹھہرنے کا بھی موقع ہو۔ سو یہاں پر صرف سینئیر کلاسز کے ہی بچے موجود تھے۔ سینئر ون، سینئر ٹو اور سینئر تھری۔

رمیز صبح سے کئی ویڈیو اور شارٹس بنا چکا تھا۔اب اس کے کیمرہ چارجنگ ختم ہو گئی تھی وہ اس کو چارج پر لگا کر آیا تو سکون سے بیٹھ گیا۔

چلو حیدر تم کوئی غزل سناؤ۔" حیدر کی آواز خوبصورت تھی۔ سب نے " اس سے فرمائش کی۔

ساحل پہ کھڑے ہو چلے جانا ، میں ڈوب رہا ہوں ابھی ڈوبا تو نہیں

حیدر نے غزل سنائی۔ کسی نے شاعری سنانا شروع کیا تو کسی نے لطیفہ۔ پھر ٹیچر سے بھی فرمائش کی گئی کہ آپ بھی ہمارے ساتھ حصہ لیں۔ شعر و شاعری، غزل گائیگی سے ہوتے ہوئے۔ انگلش گانوں پہ بات آگئی۔ کیونکہ اکثر بچے اتنی ثقیل اردو سمجھنے سے قاصر تھے۔ وہ انتہا درجے کے بور ہو رہے تھے۔ کیٹرنگ والوں نے کھانا لگانا شروع کیا۔ کھانے کے بعد بات چیت کا دوسرا دور شروع ہوا۔ ساتھ میں کافی اور چائے بھی تھی۔ ابرش کو اپنے ڈرامے کی شوٹنگ کے لیے جانا تھا۔ سو وہ ان لوگوں کے ساتھ نہیں آئی تھی۔ حیدر بھی فائزہ کو بہت یاد کر رہا تھا۔ جو اپنی دادی کی وجہ سے ان لوگوں کے ساتھ نہیں آئی تھی کیونکہ اس کی دادی کچھ ہی عرصے کے لیے پاکستان آئی ہوئیں تھیں۔

ربیکا اور ملائکہ کو اسکول سے فارغ کر دیا گیا تھا۔ تقریبا تمام ہی اسٹوڈنٹس کو وجہ معلوم ہو چکی تھی سو آج سب تمیز کا مظاہرہ کرتے ہوئے علیحدہ علیحدہ سکون سے بیٹھے ہوئے تھے۔ رات کے تقریبا بارہ بجنے والے تھے۔ دن بھر کی تھکن سے اب سب کا برا حال تھا۔ اوپر والی منزل پر خواتین کا انتظام تھا۔ جبکہ نچلی منزل پر مردوں کا۔ سب سونے کے لیے اپنے کمروں میں چلے گئے۔

صبح پھر کیٹرنگ والوں نے آکر حلوہ پوری کا ناشتہ کروایا۔ کچھ لوگ صبح اٹھ کر بھی کھیل میں مصروف ہوگئے اور کچھ پانی میں مزے کرنے لگے۔ ناشتے کے بعد وہ خوبصورت یادوں کو لے کر واپس ہو لیے۔

*

وقت تیزی کے ساتھ سفر کرتا رہا اور دن مہینوں میں تبدیل ہوتے ہوئے آخر کار امتحانات کا موسم شروع ہو گیا۔ اب لاپرواہ سے لاپرواہ بچہ بھی اپنی پڑھائی کی جانب متوجہ تھا۔ پہلے اسکول کے امتحانات ہوئے۔ اب دوسرا مرحلہ کیمبرج کے امتحانات کا تھا۔ کسی کے لیے یہ پہلا تجربہ تھا اور کسی کا دوسرا سال۔ اسکول والوں نے اپنے طور پر امتحانات لیے۔ جو بچے کسی مضمون میں کمزور تھے۔ ان کی دوبارہ تیاری کرائی گئی اور ان کی اضافی کلاس بھی لی گئی۔ بہت سارے اسٹوڈنٹس اس سکول کے علاوہ کوچنگ میں بھی تیاری کر رہے تھے۔ کچھ بچے اتنے پر اعتماد تھے یا ان کو اپنی تیاری پہ اتنا بھروسہ تھا کہ وہ کافی پرسکون تھے۔ بہت سارے بچے اس میں اعصابی تھکن کا شکار ہونے لگے تھے ان پر گھر والوں کا بہت زیادہ دباؤ تھا۔ جیسے کیمبرج کا امتحان زندگی اور موت کا مسئلہ ہو۔ خاص کر جنید کے ابو نے تو اس کے سونے، جاگنے اور کھانے پینے کے اوقات بھی بنا رکھے تھے۔ وہ شدید ترین ذہنی دباؤ کا شکار ہو رہا تھا۔ اور اچھی خاصی تیاری ہونے کے باوجود وہ خود کو نکما اور نااہل سمجھنے لگا تھا۔ کلاسز تقریبا بند تھیں۔ اس کا کسی سے ملنا جلنا بھی نہیں تھا۔ اس کا موبائل بھی اس کے ابو نے اپنے قبضے میں لیا ہوا تھا۔ تاکہ وہ دوستوں سے زیادہ باتیں نہ کرے اور وقت ضائع نہ ہو۔ اگر اس کو کوئی چیز نیٹ سے سرچ کرنی ہوتی تھی تو اس کے ابو اپنے سامنے لیپ ٹاپ کھول کر دیتے اور وہ اسی وقت اس کو استعمال کر سکتا تھا۔

فائزہ کے گھر کی صورتحال بہت ہی عجیب تھی۔ اس کی دادی نے جلد ہی یہ محسوس کر لیا کہ فائزہ اور اس کی سوتیلی ماں کے درمیان کے تعلقات اچھے نہیں ہیں۔ انہوں نے جب اس کی سوتیلی ماں سے سوال کیا تو وہ الٹا فائزہ پر الزام لگانے لگیں کہ اس نے مجھے شروع دن سے قبول نہیں کیا۔ جان بوجھ کر مجھے تنگ کرتی ہے۔ نیچا دکھانے کی کوشش کرتی ہے۔

مان لیا اگر وہ ایسا کرتی ہے تو تم نے اس کو کبھی ماں بن کر یا بڑا بن" کر سمجھایا ہے۔ کبھی اس کو پیار سے مخاطب کیا۔" اس کی دادی نے سوال کیا۔ پھر اس کے باپ سے پوچھا۔

"کیا تم صرف پیسے دے کر یا گھر میں سوتیلی ماں لا کر سمجھتے ہو کہ تمہارا فرض پورا ہو گیا۔ بچی کو تمہاری محبت یا شفقت کی ضرورت اب نہیں رہی۔"

"آپ اس کو بھی تو سمجھائیں کبھی وہ ہم لوگوں کے ساتھ آکر نہیں بیٹھتی اگر بیٹھتی بھی ہے تو ہم سے کوئی بات نہیں کرتی۔ بس کمرہ بند کر کے ہی رکھتی ہے۔ زیادہ سے زیادہ ایک دو کزن سے اس کی بات چیت ہے جن کو وہ کبھی گھر پہ بلا لیتی ہے۔ نہیں تو اسکول اور اسکول سے اس کا کمرہ بس اس کی یہی مصروفیات ہیں۔ کچھ دنوں سے وہ اپنی دوست کے پاس مل کر پڑھنے کے لیے جاتی ہے۔" مسز فیاض نے جواب دیا۔

"بچی اگر تمہارے پاس نہیں بیٹھتی تو کیا تمہارا فرض نہیں ہے کہ تم اس کے پاس بیٹھو یا اس کے کمرے میں جاؤ تم بھی کیا بچوں ہی والا رویہ رکھو گے یا بچے کے ساتھ بچے بن جاؤ گے، تم بڑے کب ہو گئے۔" انہوں نے اپنے بیٹے کو ڈانٹتے ہوئے کہا۔

ماحول میں عجیب سی کشیدگی ہو گئی تھی۔ دادی کا اس طرح کھل کر گفتگو کرنا اس کے گھر کے ماحول کو مزید خراب کر رہا تھا اور مسز فیاض کا رویہ اس سے مزید سخت اور روکھا ہو چکا تھا۔ اگلے مہینے امتحان تھے۔ اب اس بہانے وہ ہفتے میں تین دن کے بجائے پانچ دن صارم کے گھر جانے لگی تھی۔

مئی کے پہلے ہفتے سے ملک بھر میں کیمبرج کے امتحانات شروع ہو چکے تھے۔ اللہ اللہ کر کے امتحانات ختم ہوئے اور سب بچوں نے سکون کا سانس لیا۔

*

امتحانات سے فارغ ہونے کے بعد اکثر بچے چھٹیوں کے لیے مختلف جگہوں پر جا چکے تھے۔ کچھ ملک سے باہر گئے تو کچھ ملک کے اندر ہی سیر و تفریح میں مصروف تھے۔جو بچے کسی وجہ سے نہیں جا سکے۔ وہ یہاں رہ کر مزے کر رہے تھے۔ ہر طرف راوی چین ہی چین لکھ رہا تھا۔
تین مہینے رہنے کے بعد فائزہ کی دادی واپس جا چکی تھیں۔ مگر اس کے پپا کی توجہ اب فائزہ کی جانب ہو چکی تھی۔ وہ اس کا خیال رکھ رہے تھے۔ ساتھ ہی اس کے پاسپورٹ اور ویزے کا انتظام کیا جا رہا تھا کہ وہ اپنی دادی کے پاس چلی جائے۔ اور وہ بھی دادی کے پاس جانا چاہتی تھی۔ کیونکہ امتحانات مکمل ہونے کے بعد صارم کے گھر جانے کی سبیل نہیں بن پا رہی تھی۔ اب روزانہ اس کے پپا اس کے پاس بیٹھتے اور اس سے باتیں کرتے۔ حال احوال پوچھتے۔ ویک اینڈ پر اس کو کہیں گھمانے لے جاتے ہیں۔ مگر وہ ان چیزوں کی اتنی عادی ہو چکی تھی کہ اس کو ایسا لگنے لگا تھا کہ اس کا نشہ ٹوٹ رہا ہے۔ وہ وہاں صارم کے گھر میں مختلف قسم کے ویپ بھی پیتی تھی۔ جن میں کچھ الکوحلک اور آئس والی بھی تھیں۔ اس نے صارم کو کہا کہ کوئی اور حل بتائے کہ وہ کس بہانے نکل سکے۔ صارم نے اسے تسلی دی کہ وہ جلد ہی اس کو کچھ بتائے گا۔ کیونکہ وہ بھی اس کی ویڈیو کے ذریعے ہزاروں ڈالر کما رہا تھا۔
جنید کے والد نے اس کی اگلی کلاس کے لیے ٹیوشنز ابھی سے لگا دی تھی۔ ساتھ میں کچھ کمپیوٹر کورس بھی کروا رہے تھے۔ بقول ان کے کہ یہ چھٹیاں غنیمت ہیں۔ جس میں انسان اپنی کمزوریوں پر قابو پانے کے لیے اضافی کلاسز لے سکتا ہے۔ اور اپنے ہم جماعتوں کی نسبت چند قدم اگے بڑھ سکتا ہے۔
ابھی سکول کی چھٹیاں ختم ہونے میں مہینے سے زیادہ باقی تھا۔ ایک روز ان کے سکول کی لڑکی الیشبہ کے گم ہونے کی خبر آئی۔ سب ہی حیران اور پریشان تھے۔ وہ شام میں دوستوں کے ساتھ آؤٹنگ کے لیے نکلی تھی۔ وہ سب ریسٹورنٹ سے کھا پی کر نکلے تو کچھ لوگ ویپ کی دکان میں تو کچھ پان خریدنے۔اور کچھ لمکا پینے کے لیے ادھر ادھر ہو گئے۔پندرہ منٹ بعد جب سب اپنی گاڑیوں کی جانب آئے تو الیشبہ نہیں تھی۔ آس پاس ہر دکان میں دیکھا گیا مگر وہ کہیں نہیں نظر آئی۔

سب لڑکے لڑکیاں بہت زیادہ پریشان ہو گئے۔ آخر کار گھروں میں کال کی گئی۔ پولیس آئی اور دکان میں موجود سی سی ٹی وی کی فوٹیج نکلوائی گئیں۔ ایک دکان کے کیمرے میں دکھائی دیا کہ الیشبہ دکان کے باہر کھڑی تھی کہ کسی نے اس کو اشارہ کیا۔ وہ گاڑی کی جانب گئی بلیک کلر کی گاڑی جس کے شیشے بھی بند تھے وہاں دو لوگ کھڑے تھے دور ہونے کی وجہ سے ان کے چہرے واضح نہیں تھے۔انہوں نے الیشبہ سے کچھ بات کی اور ہاتھ پکڑ کر اس کو گاڑی میں بٹھایا گاڑی چل دی۔ جس جانب گاڑی کھڑی تھی۔ اس کے قریب کوئی بھی کیمرہ نہیں تھا۔ وہ کسی عمارت کی پچھلی دیوار تھی۔ شام سے رات ہو گئی مگر الیشبہ کا کچھ پتہ نہیں چل رہا تھا۔ اس کے والدین بار بار لوگوں سے گزارش کر رہے تھے کہ ان کی بچی کو ڈھونڈنے میں مدد کی جائے۔ یہ اغوا برائے تاوان کا کیس لگ رہا تھا۔ اس کے ابو ملک کے ایک نامور سنار تھے۔ جن کی کئی دکانیں شہر میں موجود تھیں۔ اس کی امی مکمل گھریلو خاتون تھیں۔ وہ اپنے بھائی بہنوں میں سب سے چھوٹی تھی۔ اس کی بڑی بہنوں اور بھائیوں سب کا برا حال تھا۔ سب سے بڑی والی بہن جو اس سے زیادہ قریب تھی۔روتے روتے بار بار بے ہوش ہو رہی تھی۔ چھ سات گھنٹے گزر چکے تھے۔ پولیس ابھی تک کوئی بھی سراغ لگانے میں کامیاب نہیں ہو سکی تھی۔ اب بس اغوا کار کے فون کا انتظار تھا۔ گھر والوں کے موبائل اور لینڈ لائن پر ٹریکر لگا دیا گیا تھا کہ جیسے ہی فون آئے اور اس کی جگہ کا تعین کیا جا سکے۔

الیشبہ، غفران اور ابرش کی ہم جماعت تھی۔ ان کی کلاس کے ہر ہر بچے کے پاس معلوم کرنے کے لیے فون آ چکا تھا مگر ابھی تک کچھ بھی معلوم نہیں ہو سکا۔ الیشبہ کے ساتھ اس کی سوسائٹی کے دوست تھے۔وہ پانچ لڑکے لڑکیاں مختلف عمر کی تھے۔ وہ لوگ روز سوسائٹی میں بیڈمنٹن کھیلا کرتے تھے۔ ساتھ میں پارک میں واک کیا کرتے تھے۔ یوں ہی شام میں ٹہلتے ٹہلتے ریسٹورنٹ چلے گئے وہاں پزا اور برگر انجوائے کر کر گھر واپس آرہے تھے کہ الیشبہ غائب ہو گئی۔ صبح چھ بجے کے قریب کسی غیر شناسا نمبر سے ایک پیغام موصول ہوا۔

"الیشبہ ہمارے پاس ہے۔"

پولیس والے جو رات بھر جاگ کر تھک چکے تھے ایک دم الرٹ ہو گئے۔ انہوں نے اس نمبر کو تلاش کرنے کی کوشش کی تو پتہ چلا یہ نمبر غیر ملکی تھا۔ جس کو محض دھوکہ دہی کے لیے استعمال کیا جاتا ہے۔

تم کیا چاہتے ہو۔" الیشبہ کے ابو نے فورا سے جواب دیا۔"

دو کروڑ " ادھر سے مطالبہ ہوا۔ پولیس والوں نے ان کو اشارہ کیا کہ "
وہ ہاں کہہ دیں انہوں نے جیسے ہی میسج کیا کہ "ٹھیک ہے۔" فوری جواب آیا۔
پہلے اپنے گھر اور آس پاس سے پولیس والوں کا سایہ بھی ہٹا دو۔ وہ گھبرا گئے۔ وہ اپنی بچی کے لیے دو کروڑ کا انتظام تو کر سکتے تھے۔ مگر اس بات کی ضمانت کون دیتا کہ پھر بچی بھی صحیح سلامت ان تک واپس آئے گی۔

ٹھیک ہے میں پولیس کو ہٹا دوں گا مگر میری پہلے میری بچی سے "
بات کراؤ کہ مجھے یقین ہو کہ وہ ٹھیک ہے۔" اس کے ابو نے جواب دیا۔
ساری بات بذریعہ پیغام ہو رہی تھی۔ کسی بھی قسم کا سوشل میڈیا استعمال نہیں ہو رہا تھا۔ کہ آئی پی ایڈریس کے ذریعے کچھ پتہ کیا جا سکے۔ جس نمبر سے پیغام مل رہا تھا۔ اس کا کوڈ جرمنی کا تھا۔ یعنی اغوا کار کافی شاطر تھا۔ یا پھر کوئی باقاعدہ منظم گروہ تھا۔ جو اس طرح کے معاملات کا خاصہ تجربہ رکھتا ہو ۔ اس کے ابو الیشبہ کی شکل دیکھنے اور اس سے بات کرنے کا مطالبہ کر رہے تھے کہ اس کے بعد پیسہ دینے اور الیشبہ کی واپسی کی جگہ کا تعین کیا جاتا۔ ابھی دونوں طرف سے پیغامات کا سلسلہ جاری تھا۔
وہاں سے چند کلومیٹر کے فاصلے پہ موجود گھر کے دروازے پر بیل ہوئی۔ صبح سویرے کا وقت تھا۔ عموما اس وقت اخبار والے یا دودھ والے ہی آیا کرتے تھے۔ سو مکینوں نے بے دھڑک دروازہ کھول دیا۔ پولیس اندر داخل ہو گئی۔ پولیس نے اندر موجود چاروں نفوس کو گرفتار کر لیا۔ وہاں سے سیدھا الیشبہ کے گھر آئے۔

مجرم کتنا بھی چالاک ہو پولیس کی شکنجے سے بچنا ناممکن ہے۔" "
ایک پولیس والے نے ڈائیلاگ مارا۔ مغوی اگر مالدار گھرانے کا ہو تو پولیس متحرک ہوتی ہے۔ جب کہ مغوی اگر عام آدمی ہو تو پولیس بھی بس خانہ پوری ہی کرتی ہے۔ الیشبہ کو پولیس والوں کے ساتھ اندر داخل ہوتا دیکھ کر اس کی امی اور بہنیں تیزی سے اگے بڑھیں۔ لیڈی کانسٹیبل نے ہاتھ اٹھا کر ان کو روکا۔

بی بی ذرا ٹھہر جائیں یہ کوئی اغوا نہیں ہوئی تھی۔ جو آپ اتنی بے تاب "
ہو رہی ہیں۔ یہ اس کا اپنے دوستوں کے ساتھ مل کر کھیلے جانے والا ایک ڈرامہ تھا۔ اس نے اپنے والدین کے جذبات سے کھیلنے کے لئے ڈرامہ کیا ۔"
پولیس والے نے غصے سے کہا۔
کیا مطلب الیشبہ کے والد سمجھ کر بھی نہ سمجھے۔

یہ اغوا نہیں ہوئی تھی یہ اپنی مرضی سے دوستوں کے ساتھ گئی تھی۔ "
اور وہاں اپنے دوستوں کے ساتھ بیٹھ کر خود آپ سے میسج پر بات کر رہی تھی۔ جب ہم وہاں پہنچے تو ایک لڑکا کمرے میں سو رہا تھا۔ جب کہ یہ دونوں، لڑکا لڑکی کچن میں ناشتہ بنا رہے تھے اور آپ کی صاحبزادی آپ "سے اغوا کار بن کر خود ہی بات کر رہی تھی۔

پولیس والے نے تمام صورتحال بتائی۔ اس کے والد غصے میں اس کو مارنے کے لیے آگے بڑھے۔

میں بس یہ دیکھنا چاہتی تھی کہ آپ مجھ سے کتنی محبت کرتے ہیں۔ "
مجھے ایسا لگتا تھا کہ گھر میں سب سے چھوٹی ہونے کی وجہ سے میں "ایک فالتو پرزہ ہوں۔

شکریہ انسپیکٹر صاحب آپ ان تینوں کو لے جائیں اس کو ہم لوگ خود " دیکھ لیں گے۔" الیشبہ کے بھائی نے اپنا غصہ دباتے ہوئے پولیس والوں کا شکریہ ادا کیا۔

نہیں آپ ان تینوں کو کچھ نہ کہیں انہوں نے تو میری وجہ سے یہ سب " کیا ۔ اس میں ان تینوں کا تو کوئی بھی قصور نہیں۔" الیشبہ نے فورا سے کہا۔

ٹھیک ہے انسپیکٹر صاحب آپ ان تینوں کو بھی جانے دیں اور آپ نے " جو زحمت اٹھائی اس کے لیے میری طرف سے معذرت اور یہ کچھ معاوضہ آپ کی رات بھر کی ریاضت کا۔" الیشبہ کے والد نے اچھی خاصی رقم پولیس والوں کی طرف بڑھائی۔

"آپ ہمارے گھر ناشتہ کر کے جائیے گا۔ بس ناشتہ لگتا ہی ہوگا۔ "
الیشبہ کی امی جی اب سنبھل چکی تھی۔

اچھی خاصی رقم دیکھ کر پولیس والوں کی چہرے پر چھائی ہوئی کوفت زائل ہو گئی۔

آپ نے اس نمبر کو کیسے ٹریس کیا جبکہ وہ تو پاکستان کا نمبر نہیں " تھا۔" الیشبہ کے ایک ساتھی نے سوال کیا۔

بیٹا جی جتنی آپ کی عمر نہیں اس سے زیادہ میرا تجربہ ہے۔جب سے " یہ آن لائن دھوکے بازی کا سلسلہ شروع ہوا ہے تو اس طرح کے نمبر بآسانی بکتے ہیں۔ جس پر خود کو غیر ملکی ثابت کر کر سامنے والے گاہک کو بے وقوف بنا کر لوٹا جاتا ہے۔ ان تمام نمبر کو ٹریس کرنے کا بھی طریقہ مارکیٹ "میں آچکا ہے۔

ان لوگوں کو تو اچھے طریقے سے رخصت کیا گیا اور پھر الیشبہ کو واقعی ہی قید کر لیا گیا اور تشدد کا بھی نشانہ بنایا مگر اس دفعہ اغوا کار نہیں تھے۔بلکہ اس کے ابو اور بھائی تھے۔

*

شہر بھر میں بارشوں کی وجہ سے گرمیوں کی چھٹیوں میں اضافہ ہو چکا تھا۔ اب اسکول چودہ اگست کے بعد کھلنے تھے۔ تیرہ اگست کی رات اکثریت گھر سے باہر تفریح کرنے کے لئے نکلی ہوئی تھی۔ ساحل سمندر کے اطراف میں پولیس نے ناکہ بندی کر رکھی تھی۔ منچلے نوجوانوں نے آتش بازی کا مظاہرہ کر کے اپنے جوش و جذبے کا اظہار کیا۔
وہیں کچھ نوجوان ان سب سے ہٹ کر ایک الگ ہی کھیل میں مصروف تھے۔ جس کی تیاری وہ کئی روز سے کر رہے تھے۔ آتش بازی کا سلسلہ کچھ تھما۔ شہر کے مختلف علاقوں میں جشن ازادی کے حوالے سے پروگرام شروع ہو گئے تھے۔شہر کے بڑے بڑے مال میں مختلف گلوکاروں کے کنسرٹ تھے۔ وہاں اتنا رش تھا کہ تل دھرنے کی جگہ نہیں تھی۔ ایسا لگتا تھا کہ جیسے پورا شہر ہی اُمڈ آیا ہو۔ ساحل سمندر سے کچھ فاصلے پر قبرستان کی طرف جانے والی ایک سڑک پر آٹھ دس نوجوان کھڑے تھے۔ وہ سڑک کافی سنسان تھی۔ وہ سب اپنی موٹر سائیکل پہ موجود تھے۔ پہلے انہوں نے باری باری اپنی موٹر سائیکل پر مختلف کرتب دکھائے۔ ساتھ ساتھ وہ اس کی ویڈیو بھی بنا رہے تھے۔ آخر میں بائیک کی ریس کا آغاز ہوا۔ ان آٹھ لڑکوں میں سے چھ کے پاس بائیک تھی باقی دو۔ اپنے ساتھیوں کے ساتھ بیٹھے تھے۔ ریس کروانے والے کچھ لوگ بھی وہاں موجود تھے جنہوں نے اس ریس کے جتنے پر انعامی رقم رکھی تھی۔ ریس شروع ہوئے ابھی دو تین منٹ ہی گزرے تھے۔ ایک رائڈر نے اپنی بائیک تیزی سے گھمائی تو بائیک اس کے قابو سے باہر ہو گئی۔ اور وہ اسی رفتار سے اچھلتا ہوا آگے کی جانب گرا اور اس کی بائیک دور جا کر کئی ٹکڑوں مینبٹ گئی جبکہ پیچھے بائیک پر آنے والے اس سے ٹکرا کر گرنے لگے۔ اس کے ساتھ بیٹھا ہوا لڑکا بھی اچھل کر دوسری جانب گر پڑا۔ ہنسی اور مذاق میں شروع ہونے والا کھیل موت کے رقص کے ساتھ ختم ہوا۔ جہاں پہ دو ہنستے کھیلتے نوجوان کٹی پٹی لاش میں تبدیل ہو چکے تھے۔ جب کہ باقی کچھ شدید ترین زخمی تھے۔ کچھ لوگ موقع سے فوری طور پر فرار ہو گئے کہ پولیس آئے گی اور تفتیش شروع ہو جائے گی۔ کسی نے ہمت کر کے ایمبولنس کو کال کی۔ ایمبولنس اور پولیس کے آنے میں کچھ وقت لگا۔ شہر بھر میں آتش بازی اور ہوائی فائرنگ کے نتیجے میں بھی کافی لوگ زخمی تھے۔ عون جو کہ اپنے دوست

کی بائیک پہ پیچھے بیٹھا ہوا تھا۔ اس نے اپنی آنکھوں سے اپنی دوست کی دردناک موت دیکھی تھی۔ کہ اس کا سر کس طرح سے پھٹا اور اس کے باقی اعضا کس طرح سے چور چور ہوئے۔ جب کہ وہ اپنی زخمی ٹانگ لے کر کونے میں پڑا تھا۔ اب درد کی شدت سے بے ہوش ہو چکا تھا۔

*

چھٹیوں کے بعد نیا تعلیمی سال شروع ہو چکا تھا۔ تمام اسٹوڈنٹ بہت ہی جوش و خروش سے اسکول آئے۔عون کے بارے میں تقریبا سب کو معلوم ہو چکا تھا۔ وہ کئی گھنٹے وہاں پر بے ہوش پڑا رہا۔فرار ہونے والوں نے جاتے ہوئے ایمبولینس کو فون کر دیا تھا۔ ایمبولینس والے ہسپتال لے گئے ۔ اگلے دن ہوش آنے پہ گھر میں اطلاع ہوئی۔اس کا پیر کئی جگہ سے ٹوٹ چکا تھا۔ ابھی ڈاکٹر نے اس کو تقریبا تین مہینے کا مکمل بیڈ ریسٹ بتایا تھا۔ پچھلے سال کے سینئر ٹو میں موجود بچے اب اس سال سینئر تھری یعنی سب سے بڑی کلاس میں موجود تھے۔ اسکول کا پہلا دن تھا۔ جب کلاس میں ایک نیا لڑکا داخل ہوا اور اس نے با آواز بلند سب کو سلام کیا۔ سب نے حیرت سے اس کی جانب دیکھا۔ میرا نام شاہ زین ہے۔اسی شہر کا رہنے والا ہوں اور کچھ مسائل کی وجہ سے سکول تبدیل کرنا پڑا۔ اس نے پر اعتماد انداز میں اپنا تعارف کروایا۔اور ایک خالی نشست دیکھ کر بیٹھ گیا۔ پہلا پیریڈ سر احسان کا تھا۔ انہوں نے سب کو خوش آمدید کہا ۔ سر احسان کا اس کلاس سے پہلا تعارف تھا۔ انہوں نے فردا فردا تمام اسٹوڈنٹ سے نام پوچھے۔

اب آپ سب اسکول کی سب سے بڑی کلاس کہ سٹوڈنٹ ہیں اب آپ ہی ” میں سے ہیڈ بوائے اور ہیڈ گرل کا انتخاب ہونا ہے۔ آپ لوگوں کو انتہائی ذمہ داری اور سمجھداری کا مظاہرہ کرنا ہوگا۔ بڑے ہو کر بڑے پن کا مظاہرہ “بھی کیا جاتا ہے۔

پہلا دن یوں ہی تعارفی کلاس میں ہی تقریبا گزر گیا۔ کچھ ٹیچرز نے نصاب کا تعارف کروایا کہ وہ اس سال کیا کیا پڑھیں گے۔ ہر ایک نے اپنی مرضی سے مختلف قسم کے مضامین منتخب کر رکھے تھے۔

یار مگر عون کے بغیر مزہ نہیں آ رہا تین مہینے کیسے گزریں گے۔

بریک میں جب یہ گروپ باہر گراؤنڈ میں نکلا تو فیضان نے کہا۔

میں گیا تھا۔ اس سے ملنے وہ تو مستقل لیپ ٹاپ لیے بیٹھا ہے۔ آن لائن ” مستقل اپنی تیاری میں لگا ہوا ہے۔ اس کے گھر والوں نے اس کو بہت آرام دہ ماحول دیا ہے۔ ایک فزیو تھراپسٹ آتا ہے۔ جو اس کے باقی جسم کی ایکسرسائز کراتا ہے۔ اس کا کمرہ بھی اب اوپری منزل سے نچلی منزل میں منتقل کر دیا گیا ہے۔ نیچے ہی اس کے والدین کا کمرہ بھی موجود ہے۔ اس کے بستر کے ساتھ ایک گھنٹی بھی لگی ہے۔ اس کو جب بھی ضرورت ہوتی

ہے۔وہ گھنٹی بجاتا ہے اور ملازم حاضر ہو جاتا ہے۔" صفدر نے تفصیل بتائی۔
اچھا ہوا تم چلے گئے۔ میں تو کل ہی رات پاکستان آیا ہوں۔ مجھے تو بس " صرف سوشل میڈیا سے ہی اس کے بارے میں پتہ چلا تھا۔ میری تو اس سے بات بھی نہیں ہو سکی۔" حیدر نے کہا۔
میں تو بس ہسپتال ہی گیا تھا۔اس کے بعد اس کے گھر نہیں جا سکا۔ " میرے گھر میں بڑی بہن کی شادی چل رہی ہے تو ہم سب بہت مصروف تھے۔" فیضان نے کہا۔
ہاں بھائی اس کے تو یہ عیش و آرام ہوں گے ہی اس کا باپ اتنا بڑا " جاگیردار ہے اور وہ اکلوتا بیٹا۔ ساتھ میں اس کے ابا قومی اسمبلی کے ممبر بھی ہیں۔" حیدر نے صفدر کی بات کو گرہ لگائی۔
یار مگر کوشش کریں گے کہ ہم کسی دن جا کر اس کی عیادت کر " "آئیں۔
ہاں مجھے اس کے پلاسٹر پہ دستخط کرنے ہیں۔جب میرے کزن کا پیر " "ٹوٹا تھا۔ تو اس کے پلاسٹر پہ سب نے آٹوگراف دیا تھا۔
فیضان نے کہا تو سب ہنس پڑے۔
آج لڑکیاں الگ گروپ بنائے۔ دوسری جانب بیٹھی تھیں۔ چلو جانے سے " پہلے فائزہ لوگوں سے بھی پوچھ لینا۔" حیدر نے کہا۔
یار تم لوگوں کو پتہ ہے کہ ربیکا اور ملائکہ کے ساتھ کیا ہوا ؟" ایک " دم فیضان نے پوچھا۔
"نہیں کیا ہوا بتاؤ ہمیں؟ "
یار ملائکہ کی شادی تو اس کے گھر والوں نے زبردستی گاؤں میں " کسی سے کر دی۔ جب کہ ربیکا کے گھر والوں نے اس کو ملک سے باہر "بھیج دیا۔
یار یہ بھی عجیب ہی کیس تھا۔ ان سب برائیوں کے بارے میں اتنا سن " رہے ہیں مگر نہیں معلوم تھا کہ ہمارے آس پاس ہی اس طرح کے لوگ موجود ہیں۔" حیدر کو افسوس ہوا۔
ہم مغرب والوں پر کیا الزام لگائیں۔ جب اپنی ہی نیت میں کھوٹ ہو۔ جب " نیت خراب ہوتی ہے تو برائی دیکھتے ہی سب اس پر لپک پڑتے ہیں ۔" صفدر نے فیضان کو غور سے دیکھتے ہوئے کہا۔
بریک ختم ہونے کی بیل ہو گئی۔

*

اسکول کی کلاسز شروع ہوئے کچھ ہی ہفتے ہوئے تھے کہ رزلٹ اناؤنس ہو گیا۔ عجیب سی بے چینی پورے سکول میں پھیل گئی۔ یوں تو سب کا ہی رزلٹ بہترین آیا تھا۔ مگر ان کے سکول میں ریبال کا دو سبجیکٹ میں اے سٹار اور ایک میں اے آیا تھا۔ وہ ان کے سکول کا سب سے ذہین بچہ تھا۔مگر وہ پڑھائی کے علاوہ دیگر سرگرمی میں زیادہ حصہ نہیں لیتا تھا۔
کلاس کے اکثر بچے اس کو کتابی کیڑا کہتے تھے۔ جب کہ مومنہ ،اعیان اور کچھ بچوں کا ایک اے سٹار اور دو اے آیا تھا. ہر طرف مبارک سلامت کا شور تھا۔ اساتذہ بھی اپنے اسٹوڈنٹس کی اچھی کارکردگی پر بہت خوش تھے۔
تقریبا ہر گھر میں ہی خوشی منائی جا رہی تھی۔ کہیں پر پارٹی تو کہیں پر ٹریٹ چل رہی تھی۔ اسکول سے لے کر گھروں تک کامیابی کا جشن جوش و خروش سے منایا جا رہا تھا۔
بچے دن بھر اپنے کامیابی کی مبارکباد سمیٹتے نہیں تھکے تھے۔
رات کو اچانک خبر آئی کہ خراب رزلٹ سے دل برداشتہ ہو کر جنید نے خودکشی کر لی۔ اس کے تمام کلاس فیلو جو ابھی اپنی خوشیاں منا رہے تھے۔ان کا دل دھک سے رہ گیا۔ گویا ان کے دل کو کسی نے مٹھی میں لے کر دبا دیا ہو۔ وہ سب ہی یہ بات جانتے تھے کہ اس نے دل برداشتہ ہو کر نہیں بلکہ اپنے باپ کے خوف سے خودکشی کی ہوگی۔ جبکہ اس کا رزلٹ اتنا برا نہیں تھا اس کا دو اے اور ایک بی آیا تھا۔
اس کے باپ کی محبت بھی عجیب ہی تھی۔ جس نے اکلوتے بیٹے کو ذہنی مریض بنا دیا تھا۔
وہ سب دن بھر کے خوب تھکے ہوئے تھے۔ اور کچھ لوگ تو اپنی کامیابی کا جشن منانے کے لیے اپنے گھر والوں کے ساتھ گھومنے کے لیے نکلے ہوئے تھے۔ اور ان لوگوں کو رات گئے یہ بات معلوم ہو سکی۔
اگلی صبح جب وہ اسکول پہنچے تو اسمبلی سے پہلے ہی صفدر نے بتایا کہ رات کو ہی جنازہ ہو چکا تھا۔ جب کہ ہم دونوں ایک ہی کالونی میں رہتے ہیں۔ میں اپنے گھر والوں کے ساتھ نکلا ہوا تھا۔ جب میں پہنچا تو پتہ چلا کہ وہ لوگ جنازہ لے کے جا چکے ہیں۔ صفدر کا صدمے سے برا حال تھا۔ ان لوگوں کا تقریبا بچپن سے ہی ساتھ تھا۔ کچھ بچے تو پہلی کلاس سے لے کر دسویں تک ساتھ ہی پڑھتے آئے تھے۔ کچھ بچے باقاعدہ آنسوئں کے ساتھ رو رہے تھے۔خاص کر لڑکیاں۔

اسکول والوں کا پروگرام تھا کہ آج پچھلے بیچ یعنی پچھلے سینئر تھری کے بچوں کو بلا کر مبارکباد دی جائے۔ مگر اس خبر نے سب کو ہی پریشان کر دیا تھا۔

مبارکباد کا پروگرام اگلے دن پر رکھا گیا۔

سینئر تھری میں آج کوئی بھی پڑھنے کو تیار نہیں تھا۔ سب ہی صدمے کا شکار تھے۔ بریک کے بعد کچھ ٹیچرز اور سٹوڈنٹ جنید کے گھر تعزیت کے لیے گئے۔

اس کے والد اور والدہ کا برا حال تھا۔ والد باقاعدہ اپنے بال نوچ رہے تھے۔ مگر اب ان کے پچھتاوے کا کیا فائدہ جب ان کا بیٹا یوں چلا گیا۔اور ان کی بے جا سختی کی وجہ سے اس نے حرام موت کو گلے لگا لیا۔ جب کہ وہ ایک زندہ دل لڑکا تھا۔ کچھ عرصے پہلے تک ہر طرح کی سرگرمی میں جوش و خروش سے حصہ لیتا تھا۔ مگر جیسے ہی وہ سینئر ون میں آیا اس کے والد کی طرف سے سختی بڑھتی چلی گئی۔ وہ ہر وقت نفسیاتی دباؤ کا شکار رہنے لگا۔ اور یہ بات اس کے تمام دوستوں کو معلوم تھی۔ اس کے دوستوں کو تو اس کے والد کا رویہ صرف دنیا دکھاوا لگ رہا تھا۔جیسے کہ وہ اپنے بیٹے کا غم نہیں بلکہ ڈرامہ کر رہے ہوں۔

وہ لوگ اپنے دل پر مزید بوجھ لے کر واپس آگئے۔

*

رفتہ رفتہ اپنے معاملات پر آتے گئے۔مگر دل میں ایک خلا پیدا ہو گیا تھا۔ جو کوئی نہیں بھر سکتا تھا۔

اعیان مزید تعلیم کے لیے ملک سے باہر چلا گیا۔ کچھ اسٹوڈنٹس نے انٹر میں داخلہ لے لیا۔ایک دو نے اے لیول میں داخلہ لیا۔

عون، فیضان اور فائزہ صارم کے جال میں بری طرح جکڑ چکے تھے۔ اسکول کھلنے کے بعد فائزہ کو دوبارہ صارم کے گھر جانے کا موقع مل رہا تھا۔ درمیان میں بھی وہ ایک دو دفعہ بہانہ کر کے چلی ہی گئی تھی۔

ادھر اب عون کو بالکل ہی فرصت تھی۔ تو وہ سارا وقت انٹرنیٹ کھولے۔ بس یہی سب دیکھتا رہتا تھا۔ اس کے کلاس فیلو اس کی ہمدردی میں اس کو روز کا سبق بتاتے کہ آج کیا پڑھایا گیا ہے اور آج کیا سمجھایا گیا۔ وہ چند منٹ ان پیغامات کو دیکھتا اور پھر دوبارہ سے وہی صفحہ کھول لیتا۔ وہ نشے کی طرح ان چیزوں کا عادی ہو رہا تھا۔ مگر مسئلہ یہ آیا کہ مستقل گھر میں رہنے کی وجہ سے کس بہانے سے وہ پیسے لے۔ اس کے اکاؤنٹ میں جتنے پیسے تھے۔ وہ ڈالرز میں رقم ادا کرنے کی وجہ سے تقریبا ختم ہو چکے تھے۔ اور ان تمام چیزوں کے لیے رقم کی ادائیگی ڈالر میں ہی کرنی پڑتی تھی۔ یہ ایسا معاملہ تھا جس کو کسی کے ساتھ شیئر بھی نہیں کر سکتا تھا۔

صارم بھی کئی دنوں سے فون نہیں اٹھا رہا تھا۔ نہ جانے وہ کن چیزوں میں مصروف تھا۔

فیضان کا او ٹو کا رزلٹ بھی اتنا اچھا نہیں آیا تھا۔ مگر اب تو اس کی پڑھائی پہ سے توجہ مکمل طور پر ہٹ چکی تھی۔ وہ جتنا وقت بھی گھر میں رہتا وہ مستقل یہی سب دیکھا کرتا تھا۔ اس کی بڑی بہن کی شادی ہو گئی تھی۔ امی ابو اپنے کاموں میں مصروف رہتے۔ چھوٹے بھائی بہن اسکول سے آکر ٹیوشن چلے جاتے۔ کوئی بھی اس کی روٹین دیکھنے والا نہیں تھا۔ پچھلے سال ہی اس نے اپنے والد سے کہہ کر اپنا اور بھائی کا کمرہ بھی الگ کروا لیا تھا۔

ایک روز اس کے گھر میں بڑی بہن اور اس کے سسرال والوں کی دعوت تھی۔ جس کی وجہ سے وہ رات کو کافی دیر سے فارغ ہوا۔ پھر وہ آدھی رات تک وہی سب دیکھتا رہا۔ بمشکل چند گھنٹے سویا کہ صبح اسکول جانے کا وقت ہوگیا۔ بوجھل آنکھیں اور بوجھل سر کے ساتھ اس نے اسمبلی

میں شرکت کی۔ سب بچے قطار کی صورت اپنی جماعتوں میں جانے لگے۔
وہ بھی کلاس میں گیا۔ اس نے اپنا بستہ اپنی سیٹ پر رکھا۔ کلاس مانیٹر کو واش روم میں جانے کا کہہ کر نکل گیا۔ سر اور چہرے پر پانی ڈال کر اس نے اپنے آپ کو تھوڑا تازہ دم کرنے کی کوشش کی۔ اس کے حواس تھوڑے بحال ہوئے تو وہ کلاس کی جانب چل دیا۔ پوری راہدری خالی تھی۔ ہر کلاس میں ٹیچر اور بچے جا چکے تھے۔ ابھی وہ لیب کے سامنے ہی تھا۔ سامنے سے مس زنیرہ آتی نظر آئیں۔ دبلی پتلی متناسب خدوخال کی دراز قد مس زنیرہ نے انتہائی چست لباس پہنا ہوا تھا۔ جس کا دوپٹہ موجود نہیں تھا۔ معمول کے مطابق وہ ہائی ہیل پہنے بال کھولے اور میک اپ کے ساتھ موجود تھیں۔
فیضان کیونکہ رات والے خمار میں تھا۔ نہ جانے اسے کیا لگا کہ اس نے مس زنیرہ کو پکڑنے کی کوشش کی۔ مس زنیرہ اس کی حرکت پر ہکابکا تھیں۔ غصے کی شدت سے انہوں نے اس کو مارنے کے لیے ہاتھ اٹھایا۔اس نے ہاتھ پکڑ لیا۔ اتفاقا سر احسان آگئے۔ انہوں نے زور سے پکارا۔
فیضان" فیضان کو ایک دم جھٹکا لگا اور اس نے مس کا ہاتھ چھوڑ دیا۔ "
پیچھے ہو کر کھڑا ہو گیا۔ وہ اپنی اس حرکت پہ بے انتہا شرمندہ تھامگر اس کے پاس وضاحت کے لیے الفاظ نہیں تھے۔
مس زنیرہ آر یو اوکے؟" سر احسان نے پوچھا۔ "
جی سر۔" مس زنیرہ خود اپنے آپ میں شرمندہ ہو رہیں تھیں۔ "
فیضان آپ میرے ساتھ آئیں۔" سر احسان اس کو لے کر۔ کمپیوٹر لیب "
میں چلے گئے۔
پہلے تو سر احسان نے اس سے اس حرکت کی وجہ معلوم کرنے کی کوشش کی مگر وہ کچھ نہیں بول سکا۔ انہوں نے اس کو تھوڑا سمجھا کر کلاس میں بھیج دیا ساتھ ہی انہوں نے ارادہ کیا کہ اگلی کلاس میں جا کر اجتماعی طور پر اخلاقیات کے حوالے سے بچوں کو سمجھایا جائے خاص کر استاد اور شاگرد کے رشتے کے بارے میں۔
ان کو اندازہ نہیں تھا کہ یورپ جن برائیوں میں ملوث ہے۔ وہ برائی یہاں کی نوجوان نسل میں بھی سرطان کی طرح تیزی سے بڑھتی جا رہی ہے۔
ابھی ان پر بہت سے انکشافات ہونے باقی تھے۔

*

سر سہیل استعفی دے رہے ہیں۔ یہ سن کر سب بچے پریشان تھے۔ وہ بچوں میں انتہائی مقبول تھے۔ سینئر ٹو میں جب وہ کلاس لینے آئے تو انہوں نے بتایا کہ انہوں نے استعفی دینے کا فیصلہ کیا ہے۔ وہ بہت جلد اپنی مزید تعلیم کے لیے جرمنی جا رہے ہیں۔ بچے یہ سن کر بہت شور مچانے لگے۔وہ ان کو جانے نہیں دے رہے تھے۔

"سر بس آپ تھوڑا سا صبر کر لیں۔ ہمارے یہ والا سیشن نکل جائے۔ اس کے بعد اپ چلے جائیے گا۔"

رمیز نے کہا۔

"جی سر یہ بالکل درست کر کہہ رہا ہے۔ اب آپ نہیں ہوں گے تو ہم اسکول کیسے آئیں گے۔ہمارا دل کیسے لگے گا۔ہم کیسے پڑھیں گے۔ کیسے ہم پاس ہوں گے۔" سیم نے انتہائی جذباتی انداز سے کہنا شروع کیا۔ اس کے ڈرامائی انداز پر سب ہنس پڑے۔

"میں بھی آپ لوگوں کو بہت مس کروں گا مگر میں نے بہت دن سے اپلائی کیا ہوا تھا۔ اللہ کا کرم ہے کہ یونیورسٹی سے اپروو ہو گیا۔ میں پی ایچ ڈی کر کر واپس آؤں گا ان شاءاللہ۔" انہوں نے کہا۔

"ٹھیک ہے سر پھر آپ یہاں آ کر جس یونیورسٹی کو جوائن کیجیے گا۔ مجھے بھی بتا دیجیے گا۔ میں بھی اسی یونیورسٹی میں داخلہ لوں گا۔ اب آپ کے بغیر یہ دن کیسے کٹتے ہیں۔ یہ تو اللہ ہی جانتا ۔" سیم کے ڈرامے ختم نہیں ہو رہے تھے۔

"بس بھی کریں سمیع کس طرح کی باتیں کر رہے ہیں۔" سر سہیل نے ہنستے ہوئے کہا۔

"سر یہ ان سب کے دل کی آواز ہے۔ صدمے سے ان کی اوازیں بند ہو گئی اس لیے میں ان سب کے بدلے میں آپ سے کہہ رہا ہوں۔" سیم نے ایک نظر اپنی کلاس پہ ڈالی۔ جہاں پر تقریبا تمام بچے اداس شکل لیے بیٹھے تھے۔

"آپ لوگ پریشان نہ ہوں۔ ابھی میرے پاس ایک مہینہ ہے۔ جب تک آپ کے کسی نئے ٹیچر کا بھی انتظام ہو جائے گا۔ ابھی تو پڑھائی شروع کریں۔" سر سہیل نے کتاب کھولتے ہوئے کہا۔

"کیا ظلم کر رہے ہیں سر۔ اب ایسے میں کیا خاک پڑھا جائے گا۔" سیم پھر سے شروع ہو چکا تھا۔

سر آپ کس سبجیکٹ میں پی ایچ ڈی کرنے جا رہے ہیں۔آپ کا میجر "
سبجیکٹ کیا ہے؟" رافع نے سوال کیا۔
سر اپنے پسندیدہ موضوع پر بولنا شروع ہوئے۔ پھر تعلیم کی اہمیت اور تعلیم کے ساتھ تحقیق کی اہمیت پر بھی گفتگو ہوئی۔ تقریبا تمام ہی بچے باتوں میں دلچسپی لے رہے تھے۔ مگر رمیز مستقل دیکھ رہا تھا کہ فیضان بار بار اونگھ رہا ہے۔ رمیز کو یاد تھا کہ ایک روز صبح ہی صبح فیضان اسمبلی کے بعد منہ دھونے گیا اور کافی دیر بعد کلاس میں آیا۔ کلاس میں موجود ٹیچر نے اس سے پوچھا کہ اس کو اتنی دیر کیوں ہوئی تو اس نے بتایا کہ سر احسان نے روک لیا تھا۔ پھر اسی روز سر احسان نے آکر اخلاقیات پر ایک لمبا لیکچر دیا اور اساتذہ اور طالب علم کے تعلق کو قرآن و حدیث کی مدد سے واضح کیا۔ اس روز بھی رمیز فیضان کی حرکتوں کو دیکھ رہا تھا۔ اس نے بعد میں اکیلے میں فیضان سے پوچھنے کی کوشش کی مگر فیضان نے کوئی جواب نہیں دیا۔ مگر رمیز اتنا ضرور جانتا تھا کہ فیضان اس لیکچر کی وجہ ضرور جانتا تھا۔
بریک ٹائم میں جب تمام بچے گراؤنڈ میں جمع تھے تو صفدر نے اپنے ہم "جماعتوں سے کہا۔ " ہمیں سر سہیل کے لیے کوئی تحفہ لینا چاہیے۔
ایسا تحفہ ہونا چاہیے جس سے ان کو ہماری یاد آتی رہے۔" حیدر نے "
کہا
سب ہی اپنی اپنی رائے کا اظہار کرنے لگے۔ کسی کے خیال میں گھڑی بہترین تحفہ تھی، کسی نے کہا کوئی اچھا سا قلم،کسی کو یہ سب تحفے معمولی لگ رہے تھے۔کسی کا خیال تھا کہ اچھی سی شرٹ بھی دی جا سکتی ہے۔ لڑکیوں کا خیال تھا کہ کوئی خوبصورت سا کارڈ وغیرہ دیا جائے تاکہ اس پہ سب کے نام لکھے جائیں۔ وہ اپنے ساتھ لے بھی جائیں اور ان کو ہم سب کے نام یاد رہیں۔
اگر میں آپ لوگوں کو کوئی مشورہ دوں تو۔۔۔۔" شاہ زین نے کہا۔ "میرا "
اور سر سہیل کا ساتھ تو ابھی یہی دو مہینے کا ہی ہے۔آپ لوگ تو کافی عرصے سے ان کے ساتھ ہیں ۔ یقینا آپ لوگ ان کے بہت قریب ہوں گے ہم ایک چھوٹی سی پارٹی رکھ لیتے ہیں۔کسی روز بریک میں۔ اور ایک گفٹ پیک دیتے ہیں۔ جس میں شرٹ، گھڑی،قلم، کارڈ تمام ہی چیز موجود ہو۔" شاہ زین نے کِہا تو سب اس کے اس آئیڈیا سے متفق ہو گئے۔ کیونکہ یوں سب کی ہی بات مان لی گئی تھی۔ پھر صفدر کے ذمے یہ کام لگا کے وہ کلاس سے پیسے اکٹھے کرے۔ پھر لڑکے مل کر سر کے لیے خریداری کریں گے۔

پارٹی کا باقی انتظام لڑکیوں کے ہاتھ میں رکھا گیا۔ اس کی ذمہ داری فاطمہ کو دی گئی۔

حیدر، صفدر، رمیز لوگوں کا اعیان اور اس کی کلاس سے جتنا اچھا تعلق تھا۔ اتنا اپنے جونیئر سے نہیں تھا۔اس لیے ان لوگوں کی کمی بہت محسوس ہو رہی تھی۔اس سے پہلے ہر کام میں وہ دونوں کلاس ساتھ ساتھ ہوتی تھی۔

سر سہیل کے جانے سے ایک ہفتے پہلے ان لوگوں نے اپنی کلاس ٹیچر سے اجازت لے کر بریک کے بعد اپنی کلاس کو سجایا اور وہاں پر پارٹی رکھی۔سر سہیل کے علاوہ دیگر ٹیچرز کو بھی دعوت دی گئی۔ بچیوں نے پارٹی کا انتظام بہت خوبصورت کیا تھا۔ سر سہیل اتنا اہتمام دیکھ کر بہت جذباتی ہو گئے۔

”بیٹا یہ سب کرنے کی کیا ضرورت تھی۔ آپ لوگوں کو تو میں ویسے بھی نہیں بھولتا۔“

یوں خوبصورت یادوں کے ساتھ سر سہیل نے اسکول چھوڑ دیا۔

*

حیدر کو اپنے چچا کے پاس کوئی کام تھا تو وہ صفدر کو بھی ساتھ لے آیا۔صفدر کے پاس بائیک تھی۔ جبکہ حیدر کے والدین اٹھارہ سال سے پہلے بائیک دلانے کے حق میں نہیں تھے۔ وہ دونوں بلڈنگ سے نکل رہے تھے کہ انہوں نے پارکنگ میں۔فائزہ کی گاڑی اور ڈرائیور کو دیکھا۔

یار یہ دیکھو فائزہ کی گاڑی ہے نا!" حیدر نے صفدر کو متوجہ کیا۔ "

اسکول میں سب ہی اس کی گاڑی اور ڈرائیور کو پہچانتے تھے کیونکہ کئی سال سے وہی ڈرائیور اس کو لانے لے جانے کا کام کرتا تھا۔

فائزہ یہاں کیوں آئی ہے۔" حیدر نے پھر کہا۔ "

چھوڑو بھی یار، تم بھی تو اپنے چچا کے گھر آئے ہو۔ ہو سکتا ہے اس " کا بھی کوئی رشتہ دار یہاں پہ رہتا ہو۔" صفدر نے حیدر کو چلنے کے لیے کہا۔

چلو ڈرائیور انکل سے سلام دعا تو کر لیتے ہیں۔" حیدر فائزہ کو دیکھے " بغیر جانے کو تیار نہیں تھا۔

صبح وہ اسکول آئیں گے۔ پھر کر لینا سلام دعا۔" صفدر کو نہ جانے " کس چیز کی جلدی تھی۔

یار تم اتنے بے مروت تو نہیں ہو کہ اب کوئی جاننے والا راستے میں " مل جائے تو انسان سلام تک نہ کرے۔" حیدر اس کے گھورنے کی پرواہ کیے بغیر گاڑی کی جانب چل دیا۔ " السلام علیکم انکل کیسے ہیں آپ؟" حیدر نے ڈرائیور کو سلام کیا۔

"وعلیکم السلام جی میں بالکل ٹھیک۔"

ڈرائیور بھی فائزہ کے دوستوں کو پہچانتا تھا۔

آپ فائزہ کو لے کر آئے ہیں یا اپنے کسی کام سے آئے ہیں۔" حیدر نے " سوال کیا۔

"نہیں فائزہ بی بی آتی ہیں یہاں پر۔ اپنی دوست کے ساتھ پڑھنے۔ " ڈرائیور نے جواب دیا۔

فائزہ کی دوست، فائزہ کی کون سی دوست یہاں رہتی ہے۔" صفدر نے " حیرت سے پوچھا۔

ہماری تو کوئی کلاس فیلو یہاں نہیں ہوتی۔ اس کی کیا کوچنگ کی کوئی" دوست ہے۔" صفدر نے دوبارہ پوچھا۔

مگر فائزہ کوچنگ تو نہیں جاتی۔" حیدر نے کہا۔"

آپ کو معلوم ہے کہ وہ کس بلڈنگ میں یا کس فلور پر گئی ہے؟" صفدر " نے دوبارہ سوال کیا۔

دوست کا نام تو معلوم نہیں مگر وہ کافی عرصے سے یہاں پر آتی ہیں۔"
شام میں چار بجے سے چھ بجے تک یا کبھی ساڑھے پانچ بجے تک وہ اپنی دوست کے ساتھ پڑھنے کے لیے آتی ہیں۔"
ڈرائیور نے بتایا۔
آپ کو معلوم ہے کون سی بلڈنگ پر یا فلور پر؟" صفدر نے پھر پوچھا۔"
جی یہ سامنے والی بلڈنگ میں چوتھی منزل پر جاتی ہیں۔" ڈرائیور نے "کہا تو صفدر تقریباً چیخ پڑا "کیا
کیا ہوا تمہیں کیوں اس بات کی تشویش ہو رہی ہے"۔ حیدر نے صفدر کے" بار بار سوال کرنے پر حیرت سے پوچھا۔
مگر یہاں چوتھی منزل پر تو صارم رہتا ہے۔ اور تم جانتے ہو صارم" "بالکل بھی اچھا نہیں ہے۔
اگر آپ لوگ برا نہ مانیں تو میں آپ سے ایک بات کہوں۔ ڈرائیور نے " ان دونوں سے کہا۔
جی بولیں۔" صفدر ان کی طرف متوجہ ہوا"
دیکھیں آپ فائزہ بی بی یا ان کے والد سے کچھ نہیں کہیے گا مگر میں" کافی عرصے سے آپ دونوں کو بھی جانتا ہوں آپ لوگ کافی اچھے دوست ہیں۔
مجھے یہ تو نہیں معلوم کہ فائزہ بی بی کی یہاں پہ کون سی دوست ہیں مگر اکثر وہ پڑھنے آتی ہیں تو کبھی کتاب لے کر آتی ہیں یا بیگ یا کبھی بغیر بیگ کے آتی ہیں کہ دوست کے پاس سے لے کر پڑھوں گی۔ اور اکثر یہاں سے واپس جاتے ہوئے وہ بہت تھکی ہوئی ہوتی ہیں جیسے کہ وہ بہت مشقت کر رہی ہوں۔
میں نے ایک دو دفعہ پوچھا بھی تو انہوں نے کہا کہ ہاں بہت مشکل تھا پڑھ پڑھ کے تھک گئے۔ بیٹا میرے بچے بھی پڑھتے ہیں۔ بھلے اتنے بڑے سکول میں نہیں پڑھتے مگر کبھی پڑھ پڑھ کر ایسے نہیں تھکتے۔ جیسے ان کی حالت ہوتی ہے۔میں ان کے پاپا سے یہ بات نہیں کہہ سکتا۔ وہ میری بات "نہیں سنتے۔ وہ کہتے ہیں کہ تم بس ڈرائیوری کرو جاسوسی نہ کرو۔
ان کی بات سن کر صفدر وہیں پر بیٹھ گیا۔
اب کیا ہوا۔" حیدر اس کی اس طرح کی حرکت پر بالکل ہی پریشان تھا۔"
نہیں کچھ نہیں میں ٹھیک ہوں بس ذرا چکر آگیا تھا بہت بہت شکریہ "
انکل آپ بس فائزہ کو بھی مت بتائیے گا کہ آپ کی ہم سے ملاقات ہوئی ہے۔ہم معلوم کرتے ہیں کہ یہاں پر اس کی کون سی دوست ہے اور ایسی کیا پڑھائی

ہے۔ فائزہ بہت اچھی لڑکی ہے۔ہماری بہت اچھی دوست ہے۔ ہم بچپن سے ساتھ ہیں۔ ہو سکتا ہے وہ اپنے گھر والوں کے رویے سے پریشان ہو کر یہاں پر کوئی کام کرنے آتی ہو۔ بہت سی لڑکیاں اس طرح پارٹ ٹائم جاب کر لیتی ہیں۔ کہ اپنا ذہن بٹا سکیں۔" صفدر نے اپنے طور پر ڈرائیور کو مطمئن کرنے کی کوشش کی اور پھر حیدر کا ہاتھ پکڑ کر باہر آگیا۔

یار بھائی بائیک اندر رہ گئی۔" حیدر نے اس کو کہا۔"

ابھی کہیں چل کر بیٹھو پہلے چائے پیتے ہیں۔ پھر جاتے ہیں۔" صفدر جو" تھوڑی دیر پہلے جانے کا شور مچا رہا تھا۔ اب ایک دم پریشان نظر انے لگا۔

یار میں چند دن پہلے عون کے پاس گیا تھا۔ وہ مجھ سے فائزہ کے بارے" میں پوچھنے لگا۔کہ وہ کیسی ہے؟ کیا کر رہی ہے؟اسکول آتی ہے کہ نہیں؟ اور بہت سارے سوالات اس نے فائزہ سے متعلق کیے۔ میں نے حیران ہو کر پوچھا کہ تم کو اچانک اس کی یاد اتنی کیوں آنے لگی۔

پہلے تو اس نے ٹالنے کی کوشش کی پھر بتانے لگا کہ وہ نیٹ پر وقت گزاری کے لیے ویڈیو دیکھ رہا تھا کہ اس کی نظر ایک ویڈیو پر پڑی جو کہ بہت واہیات قسم کی تھی۔اس میں جو لڑکی تھی۔ وہ فائزہ جیسی دکھ رہی تھی۔ لڑکی کا چہرہ واضح نہیں تھا۔ مگر پھر بھی ہم بچپن سے دیکھ رہے ہیں۔ تو مجھے لگا فائزہ ہے مگر وہ ویڈیو اتنی واہیات تھی کہ پھر میں نے اپنے خیال کو جھٹک دیا کہ ایک جیسے ملتے جلتے چہرے والے نہ جانے کتنے "لوگ شہر میں ہوں گے۔

صفدر نے عون کے الفاظ دہرائے۔

یار تم کیا کہنا چاہ رہے ہو؟ مجھے کچھ سمجھ نہیں آرہا۔" حیدر بھی اب " پریشان ہو چکا تھا۔

آج سے تقریبا چھ سات مہینے پہلے کی بات ہے۔ میں، عون، فیضان اور " صارم اکثر رات میں اکٹھے سگریٹ پیا کرتے تھے۔ یوں ہی ایک روز صارم نے اپنے موبائل پر کچھ ڈارک ویب دکھائیں۔ جو بہت ہی واہیات قسم کی تھیں۔بقول اس کے کہ یہ خَرید کر دیکھی جاتی ہیں اور یہ مفت میں نہیں ملتیں۔ میں تو فورا پیچھے ہٹ گیا۔ مگر عون کی دلچسپی اس میں تھی۔ بعد مجھے لگا فیضان اور عون دونوں ہی صارم کے گاہک بن چکے ہیں۔ میں یقین سے تو نہیں کہہ سکتا مگر مجھے فیضان اور عون کی حرکتیں مشکوک لگ رہی تھیں۔ اور مجھ سے رمیز نے بھی کہا کہ آج کل فیضان بہت کھویا کھویا رہتا ہے جیسے کہ وہ رات بھر جاگتا ہو۔" صفدر نے حیدر کو بتایا

"یار ان سب سے فائزہ کا کیا تعلق ہے۔"

حیدر اب بھی نہیں سمجھا۔
یار میرے کہنے کا مطلب یہ ہے کہ اگر وہ یہاں صارم کے فلیٹ پر آ"
رہی ہے تو یقینا بہت کچھ غلط ہو رہا ہے۔
ہمیں فائزہ کے لیے جلد ہی کچھ کرنا ہوگا۔ یہ بھی دیکھنا ہوگا کہ واقعی
کہیں وہ کسی غلط کام میں تو ملوث نہیں ہو رہی۔ اگر ایسا ہے تو ہم اس کو
کس طرح سے بچا سکتے ہیں۔" صفدر بولتا چلا گیا۔
حیدر سر پکڑے بیٹھا تھا۔
بالفرض اللہ نہ کرے اگر وہ اس طرح کی کسی چیز میں ملوث بھی ہے۔ "
تو ہم اس کو کیا کہیں گے اور کیسے اس کو بچائیں گے۔" حیدر نے کہا۔
یار کچھ نہ کچھ تو کرنا ہوگا۔ اللہ ہی سے مدد مانگیں گے۔ یقینا کچھ نہ"
کچھ تو بہتری ہوگی۔" صفدر نے اس کو حوصلہ دیتے ہوئے کہا۔
ارے حیدر بھائی آپ یہیں بیٹھے ہیں۔ابھی تو آپ اتنا کہہ رہے تھے کہ "
آپ کے دوست کو دیر ہو رہی ہے اور آپ جا رہے ہیں۔" اچانک حیدر کا کزن
آگیا۔
ہاں یار دیر تو ہو رہی تھی۔ مگر ہمیں اپنے جس دوست سے ملنے جانا "
تھا۔ صارم تو پتہ چلا وہ یہیں رہتا ہے۔ کیا تم اس کو جانتے ہو۔" صفدر نے اس
سے پوچھا۔
جی مگر وہ تو اس وقت نہیں ہوتے وہ تو رات کو نو بجے کے بعد آتے "
"ہیں۔
کزن نے بتایا۔
تو اس کے گھر پر کون ہوتا ہے۔"حیدر نے حیرت سے پوچھا۔"
کچھ دوست ہوتے ہیں شاید پارٹی چلتی ہے۔ ان کے والدین تو باہر رہتے"
ہیں۔ ان کا تو کوئی بھائی، بہن نہیں۔" حیدر کے کزن نے جواب دیا
"یار تم کس صارم کی بات کر رہے ہو۔"
صفدر نے پوچھا۔
وہی صارم جاوید جو پہلے آپ کے سکول میں پڑھتے تھے۔ یہ سی"
"بلاک کی چوتھی منزل پر رہتے ہیں۔
حیدر کے کزن نے کہا۔
"اچھا چلو ٹھیک ہے۔ "
کہہ کر صفدر اٹھا۔ اس نے حیدر کو بھی اشارہ کیا۔" وہ لوگ اٹھ ہی رہے
تھے کہ انہوں نے اپارٹمنٹ کے دروازے سے فائزہ کی گاڑی کو نکلتے
دیکھا۔

حیدر کا کزن بھی دوسری جانب کے دکانوں کی طرف چلا گیا تھا۔ صفدر اور حیدر اپنی بائیک لینے کے لیے اپارٹمنٹ کے اندر جانے لگے تو صفدر نے رک کر چوکیدار سے صارم کے بارے میں پوچھا۔
چوکیدار نے بھی وہی بتایا۔ جو حیدر کے کزن نے بتایا تھا۔
وہ لوگ جو یہ سمجھ رہے تھے کہ صارم فائزہ کے ساتھ کچھ غلط کر رہا ہے یا کچھ غلط ہو رہا ہے تو ان کو سمجھ نہیں آرہا تھا کہ آخر یہ کیا کہانی ہے۔
یہ بھی تو ہو سکتا ہے کہ وہ اس منزل پر کسی اور گھر میں جاتی ہو۔ اس" منزل پر چار گھر ہیں۔" حیدر نے کہا
ہماری دوست ابھی صارم سے مل کر ہی گئی ہے نا یہ جو سفید گاڑی " ابھی باہر نکلی تھی۔ " صفدر نے اعتماد سے کہا۔
نہیں یہ صارم صاحب کے گھر میں تو جاتی ہیں مگر صارم صاحب " نہیں ہوتے۔ بلکہ ان کے دوسرے دوست وغیرہ ہوتے ہیں۔ بس صارم صاحب نے کہا ہے کہ وہ تھوڑی دیر کے لیے ان کا فلیٹ استعمال کرتے ہیں اور پھر "ان کی غیر موجودگی میں ہی چلے جاتے ہیں۔
چوکیدار یا تو بہت باتونی تھا یا وہ صفدر کو صارم کے ساتھ کئی دفعہ دیکھ چکا تھا۔اس لیے ساری بات بتانے لگا۔
اچھا ٹھیک ہے۔ ہم فون پہ ہی صارم سے بات کر لیں گے۔" یہ کہہ کر" صفدر نے صارم کو فون ملایا۔
ہاں صارم۔" کہتا ہوا وہ پارکنگ لاٹ کی طرف چلا گیا۔ "
اس نے چوکیدار کے سامنے یوں ظاہر کیا کہ جیسے۔ وہ صارم کو اپنے وہاں آنے کے بارے میں بتا رہا ہو۔ جب کہ صفدر نہیں چاہتا تھا کہ اس کی آمد کے بارے میں چوکیدار صارم کو کچھ بتائے۔

*

ان لوگوں کے سکول کی چھٹی تقریبا دو بجے ہوتی تھی۔ جو بچے وہاں سے دور رہتے تھے اور وین سے جاتے تھے۔ تو ان کو گھر پہنچتے پہنچتے تقریبا ساڑھے تین بج جاتے تھے۔ ان کے سکول میں نماز کے لیے باقاعدہ کوئی جگہ بنی ہوئی نہیں تھی۔ شاہ زین نے ایک دو دفعہ چوکیدار سے پوچھا۔ پھر اس نے چوکیدار کے کمرے کے ساتھ ہی موجود جگہ صاف کی اور وہاں جائے نماز بچھا کر ظہر پڑھنے لگا۔ پہلے تو وہ روز اپنے ساتھ ایک سفری جائے نماز لاتا تھا۔ پھر اس نے چوکیدار کی اجازت سے اس کے کمرے میں ہی ایک جائے نماز رکھنی شروع کر دی۔ اس کو نماز پڑھتا دیکھ کر ایک دو لوگوں نے اور پوچھا۔

کیا اور جائے نماز ہے۔ ہم بھی نماز پڑھ لیں۔ گھر جاتے جاتے ہمت ختم"
"ہو جاتی ہے۔

کبھی کوئی کہتا کہ "آپ جائے نماز بچھی رہنے دیں۔ میں بھی نماز پڑھ
"لوں۔

یوں وہ ایک سے دو، دو سے چار ہوتے چلے گئے۔

ایک دن جب وہ وضو کر کے آیا تو وہاں پہ تقریبا دس لڑکے موجود
"تھے۔ ایک کہنے لگا۔ " بھائی اتنے لوگ ہیں آپ جماعت ہی کروا لیجئے۔
ضرور کیوں نہیں۔" شاہ زین نے مسکرا کر کہا اور آگے بڑھا۔"

اگلے روز اس کو ایڈمن آفس میں طلب کر لیا گیا۔

آپ کیا کرنا چاہتے ہیں؟" اسٹوڈنٹ انچارج نے سوال کیا۔"

جی سر میں سمجھا نہیں۔ آپ کیا پوچھنا چاہ رہے ہیں۔" شاہ زین کو"
بالکل بھی اندازہ نہیں تھا کہ اس کو کیوں بلایا گیا ہے۔

یہ آپ نے اسکول کے احاطہ کے اندر جو روز نماز کا سلسلہ شروع کر "
رکھا ہے اس کے بارے میں پوچھ رہا ہوں۔" انہوں نے کہا

سر میری وین تقریبا ڈھائی بجے تک آتی ہے اور میں گھر پہنچتا ہوں "
تو نماز میں دیر ہونے لگتی ہے اور بہت سستی ہوتی ہے۔اس لیے میں چاہتا ہوں کہ یہیں سے نماز پڑھ کے چلا جاؤں۔ یہاں پر کوئی باقاعدہ جگہ نہیں تو میں نے چوکیدار کے کمرے کے پاس نماز بچھا کر نماز پڑھنی شروع کی تو خود ہی دو چار لڑکے اور بھی آنے لگے۔ میں نے کسی کو بھی نہیں کہا تھا کہ وہ آئیں۔" شاہ زین کا لہجہ بہت مہذب تھا۔

اور سنا ہے کل آپ نے یہاں پر جماعت بھی پڑھوائی ہے۔" انہوں نے "
پھر کہا۔
جی سر میں وضو کر کے آیا تو کئی لڑکے نماز کے لیے موجود"
تھے۔تو انہی میں سے ایک نے مجھ سے کہا کہ آپ نماز پڑھوا دیں۔ تو میں
نے جماعت کروا دی۔ اگر یہ اسکول کے اصولوں کے خلاف ہے تو آپ
مجھے بتا دیں۔ میں چھٹی کے بعد سامنے مسجد میں جا کر نماز پڑھ لیا کروں
گا۔" شاہ زین نے خوش اسلوبی سے کہا۔
ہم پچھلے دو تین مہینے سے آپ کو وہاں پر نماز پڑھتے دیکھ رہے ہیں "
اور آپ کے ساتھ اور لڑکوں کو بھی۔ اس سلسلے میں ہم کچھ سوچ رہے تھے۔
تو کل آپ کو نماز پڑھاتا دیکھ کر ہمیں فیصلہ کرنے میں آسانی ہوئی۔ انچارج
کا لہجہ سنسنی لیے ہوئے تھا۔ ان کے انداز پر شاہ زین ٹھٹکا آخر یہ کیا کہنا
چاہ رہے ہیں۔
ہم نے یہ فیصلہ کیا ہے کہ وہیں پارکنگ ایریا میں چھوٹی سی مسجد "
تعمیر کر دیں۔ تاکہ اسٹوڈنٹ اور اسٹاف تمام لوگ آرام سے نماز ادا کر
سکیں۔" انچارج نے مسکرا کر کہا۔
شکریہ سر، جزاک اللہ خیرا۔" مارے خوشی کہ وہ کھڑا ہوگیا۔ "
ہمیں خوشی ہے کہ آپ نے ہماری توجہ اس جانب کروائی۔ ہمارے "
سکول میں شام کی کلاسز نہیں ہوتی۔ اس لیے ہم نے کبھی اس جانب توجہ
نہیں کی۔ اور ظہر کا وقت شروع ہوتے ہی چھٹی ہوجاتی ہے۔ اس لیے آج تک
اسکول کے اندر مسجد کی ضرورت محسوس نہیں ہوئی مگر آپ کو اور آپ
کے ساتھ باقی سٹوڈنٹس کو نماز پڑھتے دیکھ کر ہمیں یہ احساس ہوا کہ یہ
"ضروری ہے۔
بہت شکریہ سر اگر میں آپ سے ایک بات کہوں۔" شاہ زین نے ذرا"
جھجھکتے ہوئے سوال کیا۔
"جی بیٹا بولیں۔"
سر مسجد کے لیے آپ جتنی بھی جگہ مختص کریں۔ مگر خواتین کا "
حصہ بھی رکھیے گا۔ یہاں پر نوے فیصد مسلمان اسٹوڈنٹس اور ٹیچرز
"موجود ہیں۔
شاہ زین نے اپنی بات مکمل کی۔
جی بیٹا ضرور آپ کی تجویز آگے تک پہنچاؤں گا اور ہم اس پر ضرور"
عمل کریں گے۔" انہوں نے مسکرا کر کہا۔

شکریہ سر اللہ آپ کو اس کی بہترین جزا دے۔ شاید یہی عمل ہماری مغفرت کا باعث بن جائے۔" شاہ زین ان کو شکریہ کہتے ہوئے اجازت لے کر باہر نکل آیا۔

*

ہیڈ گرل اور ہیڈ بوائے کے الیکشن ہونے والے تھے۔ تمام کلاس ٹیچرز نے اپنے اپنے سیکشن میں مونیٹر اور پریفیکٹس بنا لیے تھے۔ ہر سال کی طرح سینیئر تھری سے ہی ہیڈ گرل اور ہیڈ بوائے کا انتخاب ہونا تھا۔ ان کی کلاس انچارج مس کنول تھیں۔ انہوں نے اعلان کیا کہ آپ میں سے جو کھڑا ہونا چاہتا ہے وہ اپنا نام جمع کرا دے۔ پھر آپ اپنی تشہیری مہم شروع کریں اور جس کو سب سے زیادہ ووٹ ملیں گے۔ وہ جیت جائے گا یہ طریقہ برسوں سے ان کے اسکول میں رائج تھا۔ مگر اس دفعہ معاملہ کچھ الگ ہی تھا۔ یہ بائیس افراد پر مشتمل کلاس میں عجیب قسم کا ایکا تھا۔ ہیڈ گرل کے لیے فاطمہ جب کہ ہیڈ بوائے کے لیے شاہ زین کا نام لیا گیا۔ مس کنول نے بہت دفعہ کہا کہ اور کوئی کھڑا ہونا چاہتا ہے۔ تو اپنا نام دے۔ ہم ووٹنگ کروائیں گے۔ حیدر کلاس کا مونیٹر تھا۔ جب کہ قاسم پریفیکٹ۔ مگر وہ لوگ باہمی مشاورت سے ہیڈ بوائے کے لیے شاہ زین کا نام منتخب کر چکے تھے۔ اس کے نرم لہجے میں اتنی کشش تھی کہ جلد ہی اس نے سب کا دل جیت لیا۔ ویسے بھی یہ وہی کلاس تھی۔ جو کئی سالوں سے ہر وقت ساتھ ہونے کی وجہ سے مشہور تھی۔ لڑکے ہوں یا لڑکیاں وہ لوگ شروع سے ہی سب ساتھ ساتھ جاتے ساتھ ساتھ آتے ساتھ بریک میں کھاتے۔ ان سب کی ہی بہت اچھی دوستی تھی۔ کوئی ان کی کلاس سے چلا جاتا۔ تب بھی وہ جڑے رہتے اور کوئی نیا آ جاتا تو وہ اس کو بھی اپنے ساتھ ملا لیتے اور جلد ہی گھل مل جاتے۔ شاہ زین کی خوبیوں کے ساتھ ساتھ ان کے کھلے دل کا بھی کمال تھا کہ انہوں نے اس کو جلد ہی قبول کر لیا۔ ٹیچر کے بار بار کہنے کی وجہ سے صفدر اور عینا نے بھی اپنے نام لکھوائے کرائے۔ مگر انہوں نے کوئی خاص تشہیر نہیں کی۔ بلکہ اپنی تشہیری کے بجائے وہ لوگ شاہ زین اور فاطمہ کی ہی تعریف کرتے ہوئے نظر آتے۔ آخر الیکشن کا دن آیا اور فاطمہ اور شاہ زین بھاری اکثریت کے ساتھ جیت گئے۔ اور حسب روایت ان کی پوری کلاس نے مل کر کامیابی کا جشن منایا۔

*

صفدر اور حیدر نے ہفتے کی شام عون کے گھر جانے کا پروگرام بنایا۔ اس سے فون پہ پوچھا ڈاکٹر سے وقت تو نہیں لے رکھا۔ اس نے بتایا وہ گھر پہ ہے۔ جب وہ شام میں اس کے گھر پہنچے تو ان کو یہ دیکھ کر شدید حیرت ہوئی۔وہ اپنا فریکچر والا پیر کرسی پر رکھے۔ بستر پر بیٹھا نماز پڑھ رہا تھا۔ اس کی نماز مکمل کرتے ہی۔ ان لوگوں نے اپنی حیرت کا اظہار کیا۔

پہلے تو عون نے ان کو ٹالنے کی کوشش کی مگر پھر صفدر نے کہا۔ ”دیکھو عون ہم تمہارے پاس ایک خاص مقصد کے لیے آئے ہیں۔ ہمیں تم سے کچھ اور بھی پوچھنا ہے۔ اگر تم ہماری مدد نہیں کرو گے تو ہو سکتا ہے کہ مزید مشکل ہو جائے۔“

کیا مطلب تم کیا پوچھنا چاہتے ہو۔“ عون نے حیرت سے کہا۔“

پھر حیدر اور صفدر نے مختصرا عون کو اس شام والی بات بتائی۔ جب ان کی ملاقات فائزہ کے ڈرائیور سے ہوئی تھی۔

اوہ تو وہ بھی صارم کے جال میں پھنس گئی۔“ عون نے آہ بڑھتے ہوئے” کہا۔ "اچھا چلو میں تم لوگوں پر اعتماد کرتے ہوئے بتاتا ہوں۔ مگر یاد رکھنا یہ بات یہاں کمرے سے باہر نہیں جانی چاہیے۔ تم لوگ میری بچپن کے دوست ہو اس لیے میں تم لوگوں سے کہہ سکتا ہوں۔اور اب تو کہنا کچھ آسان بھی ہے۔“ عون نے بات کرتے کرتے سنسنی خیز انداز میں کہا۔

ہاں بولو ہم سن رہے ہیں۔“ حیدر نے جواب دیا۔“

تمہیں یاد ہے صفدر اس دن تم بھی ہمارے ساتھ تھے۔ جب صارم نے” ہمیں اپنے موبائل پر کچھ ویڈیو دکھائی تھیں۔تم تو کچھ بھی دیکھے بغیر اُٹھ کر چلے گئے۔جب کہ میں اور فیضان صارم کے ساتھ وہ ویڈیو دیکھنے لگے۔ پتہ نہیں کیوں مجھے اس ویڈیو میں بہت کشش محسوس ہو رہی تھی۔پھر صارم کے کہنے پر میں نے وہ ڈارک ویب خریدنی شروع کی۔ جس کی قیمت کئی سو ڈالر تھی۔ میں ہر مہینے اپنے اکاؤنٹ سے اچھی خاصی رقم اس پر خرچ کرنے لگا۔ اور یہ ویڈیو کی لت مجھے نشے کی طرح لگ چکی تھی۔ مجھے نہیں معلوم کہ فیضان بھی یہ خرید رہا ہے یا نہیں۔ شروع شروع میں تو میں صارم کے ذریعے ہی خریدتا تھا۔ پھر جب میرا فریکچر ہوا اور میں مکمل طور پر بستر پر آگیا تو میں مستقل ہی یہ دیکھنے لگا اب میں صارم کے بجائے ڈائریکٹ بھی ڈیل کر رہا تھا۔ کچھ خاص اور دیسی ویڈیو

کے الگ ہی پیسے ہوتے ہیں۔ ہوتے ہوتے یہ ہوا کہ میرا اکاؤنٹ خالی ہو گیا اور میرے پاس بالکل پیسے ختم ہو گئے۔ میں گھر والوں سے کس بہانے سے پیسے لیتا جب کہ میں کہیں جا نہیں رہا تھا۔ چیک اپ کے لیے ڈاکٹر کے پاس جاتا تو گھر والوں کے ساتھ اپنی گاڑی میں یا پھر اپنے ڈرائیور اور گاڑی کے ساتھ۔ میں نے صارم سے کہا کہ وہ کچھ میری مدد کرے اور کچھ نئی ویڈیوز دے دے یا ابھی ادھار دے دے۔ میں اس کو بعد میں واپس کر دوں گا۔ مگر اس کا رویہ تو بہت ہی عجیب تھا۔ اس نے مجھے ایسے منع کیا۔جیسے میں اس کا کوئی ساتھی نہیں بلکہ ایک گاہک ہوں۔پھر ایک دن ڈیڈی نے مجھ سے پوچھا کہ اور کیا چل رہا ہے؟ کیسا دن گزرتا ہے؟ میں نے بتایا کہ میں لیپ ٹاپ پر پڑھتا ہوں مگر کچھ کتابیں جو کہ مجھے خریدنی ہیں۔ جو کے پی ڈی ایف میں ہیں۔ اس کے لیے مجھے پیسے چاہیے میرے اکاؤنٹ میں پیسے نہیں ہیں۔ڈیڈی نے کچھ تو حیرت سے میری طرف دیکھا مگر پھر انہوں نے کوئی سوال نہیں کیا اور میرے اکاؤنٹ میں پیسے ڈلوا دیے۔ میں نے وہ ویڈیو ڈائریکٹ ہی خرید لی اب میں نے صارم سے رابطہ نہیں کیا۔ وہ کچھ دیسی ویڈیو تھی۔ جس میں میں نے فائزہ کی ہم شکل کو دیکھا۔ میں یقین سے نہیں کہہ سکتا کہ وہ فائزہ ہی تھی۔کیونکہ چہرہ واضح نہیں تھا۔ انہی دنوں یہ ہوا کہ میں رات بھر دوا کے اثر سے سویا رہتا۔ تو صبح اٹھ کر میں وہ ویڈیو دیکھنے لگتا دن بھر میں ویڈیو دیکھتا اور چند منٹ کے لیے کبھی کوئی سوشل میڈیا استعمال کر لیتا۔ پھر دوپہر کے کھانے سے ذرا پہلے فزیو تھراپسٹ آتا۔ جو ورزش کراتا اور پھر میں کھانا کھا کر دوا لیتا۔ مجھے پھر نیند آ جاتی۔ ایک روز شام میں میری آنکھ کھلی تو میں نے دیکھا میری چھوٹی بہن میرے لیپ ٹاپ پر وہی ویڈیوز دیکھ رہی ہے۔ میں نے غصے سے پوچھا تو اس نے مجھے عجیب نظروں سے دیکھا اور کمرے سے چلی گئی۔ اس چھٹی کلاس کی بچی کے چہرے پر سے معصومیت غائب ہو چکی تھی۔ مجھے اس کا انداز دیکھ کر بہت ہی عجیب لگا۔ نہ جانے وہ کیا کیا دیکھ چکی اور کیا کیا سیکھ چکی ہوگی۔ مجھے شرمندگی ہو رہی تھی۔ میں نے سائٹس کو بند کیوں نہیں کیا تھا۔ مجھے بالکل اندازہ نہیں تھا کہ میرے سونے کے بعد میرا لیپ ٹاپ کوئی استعمال کر سکتا ہے۔ میں نے اس پر کوئی پاسورڈ بھی نہیں لگایا ہوا تھا۔ کیونکہ اس سے پہلے کبھی ایسا نہیں ہوتا تھا کہ کوئی میری چیز اس طرح سے بغیر پوچھے استعمال کرے۔ میں غم اور غصے سے بیٹھا ہوا تھا۔مجھے بہت رونا بھی آ رہا تھا۔

اتنے میں شاہ زین آگیا۔ وہ اکثر ہی میری خیریت پوچھنے آ جاتا ہے اور پڑھائی سے متعلق بھی مجھے آگاہ کرتا رہتا ہے۔ اس کی خالہ یہیں کالونی میں رہتی ہیں۔سو وہ اکثر ہی ان سے ملنے آتا ہے تو میرے پاس بھی آ جاتا ہے۔

اس دن وہ آیا تو میری کیفیت بہت ہی عجیب ہو رہی تھی۔ مجھے بہن پر بھی بہت غصہ تھا کہ اس نے میری اجازت کے بغیر میری چیز کیوں استعمال کی۔ مگر میں کسی سے نہیں کہہ سکتا تھا کیونکہ پھر سب پوچھتے آخر ایسا کیا تھا۔ نہ میں اس کو کمرے میں بلا کر پوچھنے کی ہمت رکھتا تھا کہ اس نے کیا کیا دیکھا اور کب کب دیکھا۔ مجھے خود پر بھی بہت غصہ تھا کہ میں نے آخر ایسا کیوں کیا۔ اگر مجھے یہ چیز اپنی بہن کے لیے بری لگ رہی ہے تو کیا یہ میرے لیے بری نہیں۔

کیا ہوا بہت تکلیف میں ہو یا پریشان ہو ' شاہ زین نے مجھ سے سوال کیا۔'

ہاں ذہنی اذیت میں ہوں میں نے بتایا۔

اللہ سے مدد مانگو۔ اللہ بہتر کر دے گا۔ طویل بیماری ہمیشہ انسان کو تھکانے لگتی ہے مگر صبر کا دامن ہاتھ میں ہو تو پھر انسان کو مشکل نہیں لگتی۔

پھر وہ اپنے بارے میں کہنے لگا میں بھی کتنا غافل ہوں میں تمہارے پاس آتا ہوں تو بیٹھ کر یہیں پر باتیں کرتا رہتا ہوں میں کبھی تم کو لے کر باہر نہیں گیا۔

پھر اس نے مجھے ویل چیئر پہ بٹھایا۔ اور میرے والدین سے اجازت لے کر وہ میرے ملازم کے ساتھ مجھے باہر لے کر گیا۔ یہ ان دو مہینوں میں پہلی بار تھا کہ میں گھر سے باہر گیا۔ ویل چیئر پہ میں گھر کے اندر ہی گھوم لیتا تھا۔ یا پھر اگر جانا ہوتا تو بس صرف ڈاکٹر کے پاس۔ وہ مجھے لے کر کالونی کی سڑکوں پر ٹہلتا رہا اور مجھے حضرت ایوب علیہ السلام کے صبر کا واقعہ سناتا رہا وہ واقعہ ہے جو ہم نے بچپن میں کبھی کسی کورس میں پڑھا تھا اور ذہن سے بالکل محو تھا۔ اتنے میں مغرب کی اذان ہو گئی۔ اس نے کہا چلو نماز پڑھ کر گھر چلتے ہیں۔ مسجد قریب ہی ہے۔ میں نے کہا میں نماز کیسے پڑھ سکتا ہوں۔ میرے تو کپڑے صاف نہیں۔ اس نے کہا۔ کیوں تمہارے کپڑوں کو کیا ہوا ہے۔ اس پہ کوئی خون یا کچھ اور تو نہیں لگا۔ اس نے میرے پلاسٹر کو غور سے دیکھتے ہوئے کہا۔ تم نماز پڑھ لو میں تمہارا انتظار کر لیتا ہوں۔ میں نے اس سے کہا تو وہ مجھ سے مزید سوال کیے بغیر مسجد میں چلا گیا۔ میں اور میرا ملازم باہر کھڑے انتظار کر رہے تھے نماز

کے بعد وہ جلد ہی آگیا اور ہم گھر آگئے۔ اس نے مجھ سے کہا اگر مجھے موقع ملا تو کل میں آؤں گا۔ تم دن میں اپنے ملازم کی مدد سے نہا دھو کر صاف کپڑے پہن کر رکھنا۔ ہم ساتھ مسجد جائیں گے۔ اس کی باتوں سے میرا دل بہل گیا تھا۔ اس رات میں نے کوئی بھی ویڈیو نہیں دیکھی بلکہ اگلے دن بھی نہیں۔ میں نے اپنے ملازم کی مدد سے غسل کیا اور پاک صاف کپڑے پہن کر اس کا انتظار کرنے لگا۔ وہ اپنے وعدے کے مطابق شام میں آگیا۔ وہ کئی دن سے میرے پاس آرہا تھا مگر مجھے ہمیشہ اس کے آنے سے کوفت محسوس ہوتی۔ کیونکہ اس کی باتیں مجھے بری لگتی تھیں اور اس کا بیٹھنا مجھے لگتا تھا کہ میرا وقت ضائع ہو رہا ہے۔ مگر اس دن مجھے اس کا انتظار تھا۔ اس نے مجھ سے کسی قسم کا سوال نہیں کیا بس مجھ سے بڑی امید افزا باتیں کیا کرتا۔ یہ اسی کا نتیجہ ہے کہ میں نے وہ ویڈیوز اب مکمل طور پر دیکھنا بند کر دی بلکہ ان سائٹس پر سے اپنا اکاؤنٹ بھی ڈیلیٹ کر دیا۔ آخر ہمت کر کے ایک دن اپنی بہن کو بھی سمجھایا۔ اللہ معلوم اس کو میری کتنی بات سمجھ آئی یا نہیں آئی مگر اللہ سے امید اچھی ہے کہ جس طرح میرے دل کی حالت اللہ تعالی نے بدل دی اور مجھے بھٹکے ہوئے راستے سے سیدھے راستے پر لے آیا۔وہ اس کی بھی مدد کرے گا۔" عون نے اپنا پورا قصہ سنایا۔

حیدر اور صفدر خاموشی سے اس کی بات سن رہے تھے۔

"اوہ ڈارک ویب تم نے بتایا تھا کہ واہیات ویڈیو تو مجھے لگا کہ وہ کسی فیملی فنکشن میں ڈانس کی ویڈیو ہوگی۔ جو خفیہ طور پر بنائی جاتی ہے پھر سوشل میڈیا پر ڈال دی جاتی ہے۔ اگر واقعی معاملہ اس حد تک خراب ہے۔ تو ہمیں جلد ہی فائزہ کو اور فیضان کو بچانے کے لیے بھی کوئی صورت کرنی چاہیے۔" صفدر نے کہا۔

"اللہ تمہاری توبہ قبول کرے اور تم کو جلد صحت یاب کرے۔ اب ہمیں اجازت دو۔" کہہ کر حیدر اور صفدر اٹھ گئے۔

*

شاہ زین کا تعلق ایک پڑھے لکھے گھرانے سے تھا۔ اس کے دادا ایک مذہبی اسکالر تھے۔ وہ کئی برسوں سے ایک نامور یونیورسٹی میں اسلامیات

کے شعبے کے چیئرمین تھے۔ اس کے والد بزنس مین اور اس کی والدہ سوشل ورکر تھیں۔ وہ اپنے دادا سے بہت قریب تھا۔ اکثر اپنی باتیں ان سے کرتا تھا۔خاص کر جب کبھی وہ کسی بات پر الجھتا تو وہ ان سے ضرور ذکر کرتا۔

اس روز مغرب کی نماز پڑھ کر دادا جان لائبریری کی طرف گئے تو شاہ زین بھی ان کے پیچھے پیچھے چل دیا۔

کیا ہوا برخوردار کسی بات پر پریشان لگ رہے ہو؟" اس کے دادا نے" سوال کیا۔

وہ اس کے مزاج سے خوب واقف تھے۔

دادا جان مجھ سے ایک غلطی ہوئی ہے۔اور میں بہت زیادہ پریشان " "ہوں۔

اس نے کہا۔

کیا تم غلطی کی وجہ سے پریشان ہو یا پریشانی کی وجہ کوئی اور " ہے؟" دادا نے پوچھا۔

دادا میں ایک دن بریک میں ڈیوٹی دے رہا تھا۔ تو میں نے اپنے دو" کلاس فیلوز کو بات کرتے ہوئے سنا وہ دونوں مجھ سے مخاطب نہیں تھے۔ مگر قریب ہی باتیں کر رہے تھے اور ان کی آواز بخوبی مجھ تک آرہی تھی۔ یوں میں چھپ کر ان کی باتیں سننے کا گناہ کر چکا ہوں۔ مگر مجھے پریشانی اس بات پر ہو رہی ہے کہ میں نے جو گفتگو سنی وہ کس طرح کی "تھی۔

کیوں وہ ایسی کیا گفتگو کر رہے تھے؟" اس کے دادا نے حیرت سے" پوچھا۔

وہ لوگ اس بات کو ڈسکس کر رہے تھے کہ ہماری اپنی کلاس کے " بچے اور بچیاں اور دوسرے کلاس کے بچے بچیاں بھی۔ بہت سی ایسی برائیوں میں ملوث ہیں۔جن کی وجہ سے یورپ بدنام ہے۔ اب مجھے یہ سمجھ نہیں آرہا کہ میں ان کی مدد کیسے کروں۔ انہوں نے مجھ سے تو کوئی بات نہیں کی۔ مگر غلطی سے ہی صحیح اب یہ باتیں میری کان میں پڑ چکی ہیں۔ تو کیا مجھے اسے بہتر کرنے میں اپنا کوئی کردار نہیں ادا کرنا چاہیے۔ اگر روز قیامت مجھ سے یہ پوچھا گیا کہ تم جانتے تھے کہ یہ سب کچھ تمہارے آس پاس ہو رہا ہے تو میں کیا جواب دوں گا۔" شاہ زین نے اپنی الجھن کو ظاہر کیا۔

اس کے دادا مسکرائے۔ " ہاں بات تو تم ٹھیک کہہ رہے ہو۔ اگر روز قیامت سوال ہوا تو پھر کیا جواب ہوگا تمھارا تم نے کیا سوچا۔" انہوں نے اسی سے پوچھا۔

مجھے تو کچھ سمجھ نہیں آرہا اسی لیے تو پریشان ہو کر آپ کے پاس" "آیا ہوں۔

دیکھو بیٹا اگر ہم برائی کو خود نہیں روک سکتے۔ جیسے کہ تم کو نہیں" معلوم کہ برائی کا سبب کیا ہے یا اس کی بنیاد اور جڑیں کہاں کہاں تک پھیلی ہوئی ہیں۔ تو تم ان کو ختم نہیں کر سکو گے۔ اس کا بہترین حل یہ ہوتا ہے کہ جو بھی ادارہ یا جو بھی شخص اس مسئلے کو حل کر سکتا ہو تو اس تک یہ معاملہ ضرور لے جانا چاہیے۔ مگر تم نے گفتگو کا ایک ہی حصہ سنا اور تم کو اس کی تفصیلات معلوم نہیں۔ تو یہ بات تم کس طرح سے آگے پہنچاؤ گے "۔

جی میں بھی یہی سوچ رہا تھا کہ اگر میں کچھ کرنے کی کوشش کروں" مگر میں کیسے ٹھیک کروں۔ جب کہ مجھے اس کا پس منظر نہیں معلوم۔

"تمہاری ان دونوں لڑکوں سے کیسی دوستہے؟

"جی الحمدللہ ہماری پوری کلاس کی آپس میں بہت اچھی دوستی ہے۔"

تم ان دونوں سے عمومی طور پر بات کرو۔جیسے کہ تم کہو کہ میں نے" کسی کو بات کرتے ہوئے سنا ہے کہ اس طرح سے ہمارے اسکول کے بچے کسی غلط کام میں ملوث ہیں یا پھر یہ بھی کہا جا سکتا ہے کہ میرے کزنز کے سکول میں بھی اس طرح کی چیزیں ہو رہی ہیں اور یہ جھوٹ بھی نہیں ہوگا کیونکہ اب بہت سارے سکول میں اس طرح کی باتیں عام ہیں۔ جب تم ان سے ذکر کرو گے تو ہو سکتا ہے۔ وہ بھی تم پر اعتماد کرتے ہوئے۔ تم کو بتائیں اور یا یہ کہیں کہ یہ سب تو ہمارے اپنے سکول میں بھی ہے۔ پھر اس کا کوئی حل مل کر تلاش کیا جا سکتا ہے۔ یعنی انتظامیہ کو اعتماد میں لے کر اس مشکل سے نکلا جا سکتا ہے۔ تم نے بتایا تھا کہ انتظامیہ کہ انچارج بہت اچھے آدمی ہیں۔ مجھے امید ہے کہ اگر تم لوگ ان کے پاس اپنا مسئلہ لے کر جاؤ گے۔ تو وہ کوئی مناسب اور اچھا حل نکالیں گے ۔" اس کے دادا نے اس کو سمجھایا تو اس کے دل پہ پڑا ہوا بوجھ کم ہو گیا۔ اور اس نے سوچا کہ کل اسمبلی سے پہلے ہی وہ حیدر اور صفدر سے اس سلسلے میں بات کرے گا۔ اسے یقین تھا کہ وہ لوگ اس کی بات خوش دلی سے سنیں گے،سمجھیں گے اور پھر کوئی مل کر حل نکالا جائے گا۔

*

صفدر اور حیدر نے فائزہ سے براہ راست بات کرنے کا فیصلہ کیا۔ انہوں نے رمیز کو بھی اعتماد میں لیا۔ ان لوگوں میں رمیز زیادہ سمجھدار اور تحمل مزاج تھا۔ اس کو غصہ جلدی نہیں آتا تھا۔ اس طرح کی باتیں روبرو نہیں کی جا سکتی تھیں۔ اس لیے صفدر نے پہلے فائزہ کو کال کی اور کہا کہ مجھے تم سے کچھ خاص بات کرنی ہے۔ فائزہ نے بتایا کہ وہ اس وقت فارغ ہے بولو کیا کہنا ہے۔ اس نے کہا تھوڑا انتظار کرو پھر میں بات کرتا ہوں۔ یہ کہہ کر اس نے فون بند کیا اور ایک واٹس ایپ گروپ بنایا۔ جس میں وہ، فائزہ، حیدر اور رمیز بھی شامل تھے۔ فائزہ نے حیرت سے اس گروپ کو دیکھا۔ کیونکہ وہ لوگ اسکول کے گروپ میں اکثر ہی بات کیا کرتے تھے۔

تم صارم کے گھر کیوں جاتی ہو۔" صفدر نے فائزہ سے سوال کیا"

کیا مطلب کس نے کہا؟" فائزہ گھبرا گئی۔"

کسی کو کہنے کی کیا ضرورت ہے۔ میں نے خود تم کو اس کے گھر" جاتے دیکھا ہے۔اور تم بھی جانتی ہو جب تک وہ اسکول میں تھا۔ اس کی سب سے زیادہ دوستی مجھ سے ہی تھی۔ میں اکثر اس کے گھر جاتا تھا اور اس کے بعد بھی میرا ملنا جلنا کافی تھا۔کچھ عرصے پہلے تک ہم اکثر شامیں ساتھ ہی گزارتے تھے۔" صفدر نے کہا

تم کو کوئی غلط فہمی ہوئی ہوگی۔" فائزہ نے اس کو ٹالنے کے لیے کہا۔"

تم نہ بتانا چاہو تو نہ بتاؤ مگر میں تم کو کچھ بتانا چاہتا ہوں ۔" صفدر " نے ابھی بھی اسی انداز میں بات کی۔

کیا مطلب کیا بتانا چاہتے ہو؟" فائزہ نے حیرت سے پوچھا۔"

مجھے نہیں معلوم کہ تم صارم کے گھر جا کر کیسی ویڈیو بناتی ہو اور" کیوں بناتی ہو۔ مگر کیا تمہیں معلوم ہے کہ تمہاری وہ ویڈیوز ڈارک ویب پر موجود ہیں۔ اور دنیا میں ہزاروں لوگ دیکھ رہے ہیں۔" حیدر نے انتہائی سفاکی سے کہا۔

کیا مطلب کیسی ویڈیو میں تو کوئی ویڈیو نہیں بناتی۔" فائزہ نے انکار" کیا۔

تم نہیں بناتی ہو تو کوئی اور بناتا ہوگا۔ تمہارے ساتھ وہاں پر اور کون " کون ہوتا ہے؟" صفدر نے پوچھا۔

"مجھے نہیں پتہ تم لوگ کیا بات کر رہے ہو۔ مجھے تو کچھ سمجھ نہیں آ رہا۔ تم لوگوں کو ضرور کوئی غلط فہمی ہوئی ہوگی۔" فائزہ بات ختم کر کے جانے لگی۔
"طریقے سے بات کرو اگر تم نے ہم سے اس پہ بات نہیں کی تو ہم کل اسکول میں روبرو پوچھیں گے۔ نہیں تو تمہارے گھر پر آ کر بات کریں گے۔" حیدر نے اس کو دھمکاتے ہوئے کہا۔
"مجھے نہیں معلوم تم میرے پیچھے کیوں پڑ گئے ہو اور مجھ سے کیا اگلوانا چاہ رہے ہو۔ جب میں نے ایسا کچھ نہیں کیا تو میں کیسے قبول کر لوں کہ میں نے کوئی ویڈیو بنائی ہے۔" فائزہ نے کہا۔
"اچھا چھوڑو تم لوگ ساری بحث، میری بات سنو، رمیز نے بیچ میں بات کی۔
"ٹھیک ہے تم ہمارے سامنے اقرار کرو یا نہ کرو۔ تم جاتی ہو صارم کے گھر یا نہیں جاتی۔ تم نے کوئی ویڈیو بنائی ہے یا نہیں بنائی۔ تم ہم کو کوئی تفصیل نہیں بتاؤ مگر ایک بات جان لو۔ کچھ عجیب اور بہت خراب سی ویڈیو ڈارک ویب پر موجود ہے جس میں اندیشہ ہے کہ وہ ویڈیو تمہاری ہو سکتی ہے۔ اللہ کرے کہ وہ تم نہ ہو۔ مگر ایک بات یاد رکھو اگر صارم تمہاری کسی بھی طرح سے مدد کرتا ہے۔ چاہے تم کو فرسٹریشن سے نکالنے کے لیے یا کسی بھی اور کام کے لیے تو یقینا اس میں اس کا کوئی نہ کوئی فائدہ ضرور ہوگا کوئی اپنے فائدے کے بغیر کوئی بھی کام نہیں کرتا خاص کر صارم جیسا چالاک شخص تم کو معلوم ہے اس کی خراب ریپو کی ہی وجہ سے اس کو اسکول سے نکالا گیا تھا۔ اگر تم اس کی غیر موجودگی میں اس کا گھر استعمال کرتی ہو۔ چاہے تم وہاں چھپ کر روتی ہو یا جو کچھ بھی ہو۔ ہو سکتا ہے وہاں پر خفیہ کیمرے لگے ہوں اور تم کو معلوم نہ ہو تمہاری خفیہ وڈریو بنتی ہو اور آگے بھیجی جاتی ہو۔" رمیز نے کہا۔
"بس ہمیں تم سے یہی کہنا تھا اور یہ بات یہیں پر ختم ہو گئی۔ اب آئندہ ہم اس موضوع پر بات نہیں کریں گے اگر تمہاری طرف سے ایسا کچھ نہیں ہے تو معذرت اور اگر کچھ ہے تو تم کیا کر رہی ہو۔ ہمیں تمہاری فکر ہے تم ہماری بہت اچھی دوست ہو۔" صفدر نے کہہ کر خاموشی اختیار کر لی۔
پھر اس کے بعد گروپ میں کوئی بھی میسج نہیں آیا۔

*

اگلے روز اسمبلی سے پہلے جب تمام اسٹوڈنٹ گراؤنڈ میں جمع تھے تو شاہ زین، صفدر اور حیدر کو ساتھ کھڑا دیکھ کر ان کے پاس چلا آیا۔ ویسے بھی وہ تمام کلاس فیلو ایک ہی ساتھ جمع ہوتے تھے۔ ابھی باقی کوئی کلاس فیلو نہیں آیا تھا۔

شاہ زین نے اپنے دادا کے بتائے ہوئے طریقے پر عمل کرتے ہوئے۔ ان لوگوں سے کہا کہ اس کے کزن کے اسکول میں اس طرح کے واقعات بڑھ رہے ہیں۔ ہماری بھی ذمہ داری بنتی ہے کہ ہمیں معلوم ہے یہ چیز غلط ہے۔ تو اس کو ٹھیک کریں۔ مگر کیسے کیا جا سکتا ہے۔

شاہ زین کے کہنے پر وہ دونوں چونک گئے۔

یار ایسا تو ہمارے سکول میں بھی ہو رہا ہے اور ہم خود پریشان ہیں کہ "
"اس طرح کے لوگوں سے کیسے جان چھڑائی جائے۔

آج سے چند سال پہلے جب ہم ساتویں کلاس میں تھے تو پتہ چلا تھاکے "
چند اسٹوڈنٹ باقی سٹوڈنٹس کو چرس فراہم کر رہے۔ پھر انتظامیہ نے ان ایکشن لیا اور ان لوگوں کو نکالا۔ مگر جن بچوں کو اس کی لت لگ گئی تھی تو وہ بہت دنوں بعد جا کر صحیح ہو سکے۔کئی والدین نے تو اپنے بچوں کا "باقاعدہ علاج کروایا۔

حیدر نے بتایا۔

پھر ہمیں اس سلسلے میں کیا کرنا چاہیے۔ اگر یہ چیز ہمارے اسکول" میں بھی موجود ہے تو سب سے پہلے تو ہمیں اپنے قریب دیکھنا چاہیے۔" شاہ زین نے سوال کیا۔

ابھی تو کوئی آئیڈیا ذہن میں نہیں آرہا چلو سوچتے ہیں۔" صفدر نے کہا" اور قطار ترتیب دینے لگا۔

میرے خیال میں تو پہلا مرحلہ نہایت ہی آسان ہے۔ ہم ٹیچرز کو ساری" صورتحال سے آگاہ کرتے ہیں اور ان کو بتاتے ہیں کہ کیا کیا کام ہو رہا ہے۔ جب ہم کسی غلط کام کو روکنے کے قابل نہیں ہوتے تو ہم اس کی اطلاع پولیس یا کسی ایسے آدمی سے کرتے ہیں۔ جو اس کو بہتر کر سکتا ہو اور "ظالم کو سزا دلوا سکتا ہو۔

شاہ زین نے کہا۔

بریک سے پہلے سر احسان کا پیریڈ ان کی کلاس میں تھا۔

”سر ہمیں آپ سے کچھ ذاتی باتیں کرنی ہیں۔ کیا آپ ہمیں تھوڑا وقت دیں گے۔“ شاہ زین نے پوچھا۔ ”جی بالکل کریں۔“ سر احسان نے کہا۔
”سر ابھی نہیں ہم علیحدگی میں آپ سے ملنا چاہتے ہیں۔“
”ٹھیک ہے آپ بریک کے بعد میرے پاس آجائیے گا۔“
بریک کے بعد حیدر، صفدر، شاہ زین اور رمیز چاروں سر احسان کے پاس کمپیوٹر لیب گئے۔ وہ اکثر وہیں موجود ہوتے تھے۔ یہ لوگ اکیلے میں بات کرنا چاہتے تھے۔ اس لیے سر احسان نے ان کو اسٹاف روم میں نہیں بلایا۔
سر احسان نے ان کی باتیں غور سے سنیں۔ ساتھ ہی چھوٹے چھوٹے سوال کر کے ذہن میں پیدا ہونے والی الجھن کو بھی سلجھاتے رہے۔
”بہت شکریہ بچوں کے آپ لوگوں نے اس مسئلے کو مسئلہ سمجھا اور اس کے حل کے لیے کوشش کر رہے ہیں۔ آپ لوگ واقعی بہترین طلبائ ہیں۔آپ کی کلاس کی مثال پورے سٹاف روم میں دی جاتی ہے۔ آپ لوگ سب ایک دوسرے سے واقعی مخلص ہیں۔“ سر احسان نے ان کو شاباشی دی اور ان کو یقین دلایا کہ جلد ہی اس مسئلے کا کوئی حل نکالا جائے گا۔ ان لوگوں نے بھی پورے بات کے درمیان میں عون، فیضان یا فائزہ کا نام نہیں آنے دیا تھا۔
وہ تمام دوست تھے، ساتھی تھے، تو مشکل وقت میں ساتھ کیسے چھوڑتے۔
ویسے بھی کل کی گفتگو کے بعد سے فائزہ آف لائن تھی اور آج اسکول بھی نہیں آئی تھی۔ ان لوگوں نے بھی فائزہ سے کوئی بات نہیں کی نہ کچھ پوچھا وہ اس کو وقت دینا چاہتے تھے۔
سر احسان نے پرنسپل اور انتظامیہ سے بات کی۔ ان کی توجہ ملک میں بڑھتی ہوئی بے راہ روی کی طرف دلائی یہ بھی بتایا کہ ہمارے سکول کے بچے بھی اس طرح کی چیزوں میں ملوث ہیں ہمیں اس سلسلے میں کوئی مثبت قدم اٹھانا چاہیے۔ آخر یہ بچے ہماری ذمہ داری ہیں اور کل کو قیامت کے دن ہم سے ان کے بارے میں سوال کیا جائے گا۔ چند ایک ٹیچرز کے علاوہ باقی سب نے ان کی بات کا خیر مقدم کیا۔
کچھ لوگوں نے اس بات پر اعتراض کیا کہ ہماری ذمہ داری بچوں کی تعلیم ہے تربیت دینا والدین کا کام ہے۔ اگر ہم اپنے مضمون کو صحیح طریقے سے نہیں پڑھا رہے تو ہم گنہگار ہوں گے۔ باقی بچے اسکول میں یا سکول سے باہر کیا کرتے ہیں اس کے ہم ذمہ دار نہیں۔

مگر پرنسپل اور انتظامیہ نے اس اعتراض پر کان نہیں دھرا۔ بلکہ سر احسان کی بات پر غور کرنے کے لیے اساتذہ سے تجاویز مانگی۔
مختلف قسم کی تجاویز آئی کسی نے کہا کہ قران فہمی کا ایک پیریڈ ہونا چاہیے۔ تو فورا ہی یہ اعتراض ہوا کہ یہ اسکول ہے اس کو مدرسہ نہ بنایا جائے۔ ایک ٹیچر نے کہا کہ ہر ایک استاد اس بات کا ذمہ دار ہے اور وہ اپنے مضمون کی پڑھائی کے ساتھ ساتھ بچوں کو تربیت کے حوالے سے بھی آگاہی دیتا رہے۔
مختلف تجاویز آتی رہیں اور رد ہوتی رہیں۔ آخر کار یہ فیصلہ ہوا کہ مہینے دو مہینے بعد جس طرح سے مختلف موضوعات پر سیمینار کرایا جاتا ہے۔ اسی طرح نوجوان نسل کے موٹیوشنل اسپیکر کو بلا کر بچوں کو اس حوالے سے بھی آگاہی دی جائے اور اس کے بد اثرات کے بارے میں بتایا جائے۔ بچوں میں یہ شعور دیا جائے کہ وہ مسلمان گھرانے کے بچے ہیں۔ تو ان کے عمل سے یہ ظاہر ہونا چاہیے کہ وہ مسلمان ہیں۔
ملک بھر میں تیزی سے مقبول ہونے والے جوانوں کے گروپ کو دعوت دی گئی۔ ان کے چاہنے والوں کی تعداد لاکھوں میں تھی۔ سو سیمینار میں تقریبا تمام ہی بچے شامل تھے۔ ان کے لیکچر کے بعد سوال و جواب کا سلسلہ شروع ہوا تو۔
سر فرض کریں اگر ایک شخص کوئی گناہ کرتا ہے اور انجانے میں " کرتا ہے۔ اس کا گناہ پھیلتے پھیلتے بہت تیزی سے دنیا بھر میں پھیل جاتا ہے۔ وہ شخص بعد میں نادم ہو کر توبہ کر لیتا ہے۔ تو اس کے گناہ کے اثرات کیسے مٹیں گے۔" فائزہ نے سوال کیا۔
سچے دل سے کی ہوئی توبہ سے وہ چیز ختم ہو جاتی ہے اور اگر کوئی" شخص اپنے گناہ پہ نادم ہوتا ہے اور اللہ سے توبہ طلب کرتا ہے تو اللہ تعالی غفور الرحیم ہے اور اس کے گناہوں کو معاف کر دیتا ہے۔ گناہ کو اگے بڑھانے میں شیطان مددگار ہوتا ہے اور اس کو مٹانے کے لیے اللہ تعالی جس طرح انجانے میں گناہ ہوا اور وہ پھیل گیا اسی طرح بغیر دکھائے اور جتائے اس کو وہاں سے بھی ان شاءُ اللہ ریموو کر دیں گے اللہ سے ہمیشہ اچھی امید رکھنی چاہیے۔" اسکالر نے جواب دیا۔
سر کوئی شخص گناہ کرتا ہے اور جان بوجھ کر کرتا ہے اور بے انتہا " کرتا ہے۔ ایسے ایسے افعال کرتا ہے۔ جو اللہ تعالی کے عذاب کا سبب ٹھہرے ہوں۔تو کیا ایسے شخص کے گناہ بھی معاف ہو سکتے ہیں۔" قاسم نے پوچھا۔

آپ جانتے ہوں گے کہ اسلام سے پہلے لوگ طرح طرح کی برائیوں" میں گھرے ہوئے تھے۔ جب انہوں نے اسلام قبول کیا اور سچے دل سے توبہ کی اللہ کی طرف رجوع کر لیا تو اللہ تعالی نے ان کے پچھلے گناہ معاف کر دیے اسی طرح اگر آپ اللہ سے توبہ کرتے ہیں اور اللہ کی طرف رجوع کرتے ہیں تو اللہ سے اچھی امید ہے کہ وہ آپ کے گناہوں کو بھی معاف کرے گا اور اس سے درگزر کرے گا۔" انہوں نے مسکرا کر جواب دیا۔

یہ سیشن بہت اچھا اور کارآمد رہا تھا۔

چند ہی دنوں میں اس کے مثبت اثرات نظر آنا شروع ہو گئے تھے۔

*

صارم کے گھر پر خفیہ پولیس والوں کا چھاپہ پڑا۔ وہاں سے کیمرہ اور دیگر ممنوع اشیائ کے ساتھ بھاری مقدار میں منشیات بھی برآمد ہوئی۔
کیمرہ، میموری چپس، اس طرح کا جتنا بھی مواد تھا وہ فورا ہی تلف کر دیا گیا۔ صارم کے تمام اکاؤنٹس بلاک کر دیے گئے ۔گوگل یا کسی بھی ویب سائٹ پہ اس کے جتنے بھی اکاؤنٹ تھے۔ سب کے سب فریز ہو چکے تھے۔ مگر صارم ملک سے فرار ہو چکا تھا۔ اس کے والدین فوری طور پر پاکستان آئے مگر صارم کا کہیں پتہ نہیں چل رہا تھا۔ اس کے والد نے کہاکہ
ہمارا بیٹا تو بہت چھوٹا اور کم عمر ہے۔ ابھی تو وہ اٹھارہ سال کا بھی" نہیں ہوا۔ آپ لوگ اس پر الزام لگا رہے ہیں۔ کسی نے اس کو پھنسانے کی کوشش کی ہوگی۔ وہ منشیات یا بلیک میلنگ جیسے کام کیسے کر سکتا ہے۔ ۔" ان کی بات میں کتنی سچائی تھی۔ اور صارم کس حد تک ملوث تھا۔ اس بات کا فیصلہ تو بعد میں ہی ہونا تھا جب وہ پکڑا جاتا ۔
فائزہ کا ویزہ آگیا تھا وہ اپنی دادی کے پاس جا رہی تھی۔ فیضان اس طرح کی ویڈیو دیکھ کر ذہنی اور جسمانی بیماری کا شکار ہو گیا تھا۔ چار مہینے سے اس کا باقاعدہ علاج چل رہا تھا۔ عون بھی اسٹک کے سہارے اسکول آنا شروع ہو چکا تھا۔
شاہ زین کے مشورے پر اسمبلی میں قرأت، ترانہ اور دیگر چیزوں کے ساتھ روز کی بنیاد پر دعائیں بھی پڑھنی شروع کر دی تھی۔ اب اکثر اساتذہ کلاس میں جانے کے بعد گڈ مارننگ کے بجائے السلام علیکم کو پسند کرتے تھے۔
چھوٹی سی مسجد آباد ہو گئی تھی۔ چھٹی کے بعد کافی بچے اور اساتذہ وہاں پر نماز ادا کر کے اپنے گھروں کو جاتے۔ برائی کا مکمل خاتمہ تو نہیں ہو سکا تھا۔ ابھی بھی کچھ بچے اس کا شکار تھے ان کو اس سے نکلنے میں مدد دینی تھی۔ ایک صارم ملک سے باہر چلا گیا تھا مگر نا جانے کتنے اور صارم جال بچھائے بیٹھے تھے۔ ان لوگوں کو یقین تھا کہ جس طرح ایک انسان کی جان بچانا پوری انسانیت کی جان بچانا ہے۔ اسی طرح ایک انسان کی اصلاح سے معاشرے کی بہتری کی امید کی جا سکتی ہے۔ امید کا دیا روشن تھا۔

ختم شد

www.ingramcontent.com/pod-product-compliance
Lightning Source LLC
LaVergne TN
LVHW051106051026
849532LV00004BB/1450

* 9 7 9 8 2 3 2 6 8 0 2 8 2 *